Die endliche Geschichte

Teil V

Im Tempel der Busaner

© 2025 Jürgen Klaus Blank
Verlag: BoD · Books on Demand GmbH, In de Tarpen 42,
22848 Norderstedt, bod@bod.de
Druck: Libri Plureos GmbH, Friedensallee 273, 22763
Hamburg

ISBN: 978-3-7693-1921-7

Vorwort

zu den Märchen:

Warum habe ich diese Bücher geschrieben?

Wollte ich doch aus den Menschen bessere Menschen machen

und den Lesern zu einem besseren Menschsein verhelfen.

Wer nun meine Märchen gelesen hat, der schafft es, daß er mit

seinen Mitmenschen viel Geduld hat!

Warum heißen meine Märchen: „Die endliche Geschichte"?

Wollte meinen Leser mit Geschichten überraschen, die kurz sind

und an einem Stück gelesen werden können.

1. Teil ist die Blume ohne Namen. Sie handelt von einem nervenkranken König, der ein großer Diktator ist. Nachdem er behandelt wurde, mit Medikamenten wird er wieder ein Friedensfürst!

2. Teil heißt ein Parfüm. Er ist die Geschichte einer Wiederbesiedelung der Bulonesischen Wüste!

3. Teil trägt den Namen Olivers Mondfahrt! Er handelt von einem behinderten Königskind, das sich zum 4. Geburtstag wünscht einmal auf dem Mond spazieren zu gehen. Die Königin erfüllt ihm diesen Wunsch.

4. Teil trägt den Titel Frieden auf Erden. Er handelt von einem gefährlichen Terroristen. Kann er begnadigt werden?

5. Teil hat den Namen: Im Tempel der Busaner. Er handelt von einem Interstellaren Krieg.

Bitte lesen Sie die Bücher der endlichen Geschichte und werden Sie ein besserer Mensch. Können Sie es schaffen, daß Sie sich ändern? Beflügelt Sie mein Buch die Welt mit anderen Augen zu sehen? Bitte studieren Sie meine Märchen, damit aus Ihnen ein besserer Mensch werden kann!

Gerne würde ich noch weitere Teile der endlichen Geschichte schreiben, aber es ist glaube ich besser, wenn es jetzt der letzte Teil ist. Dann kann ich noch zu anderen Themen weitere Bücher schreiben. Bestimmt gibt es über andere Themen noch wichtigere Dinge zu schreiben. Wäre sehr nett, wenn Sie nun mit dem Lesen des Buches: Im Tempel der Busaner, anfangen! Viel Spaß beim Lesen!!!

Kapitel 1 – Die Entführung

Es war einmal vor langer Zeit, als ich der König von Bulonesien werden sollte. So war ich etwas über 30 Jahre alt. Von Gestalt war ich schlank und hatte eine Körpergröße von fast 180 cm. Meine Haut war weiß, die große Nase war mitten im Gesicht, die Augen waren blau. Das Haar war braun und etwas über die Ohren gewachsen, nach hinten gekämmt. Über meine Lippen thronte mittlerweile ein Schnauzbart. Von Beruf war ich ein Schriftsteller, hatte mittlerweile fünf Bücher geschrieben, die sich in Bulonesien als Bestseller verkauften. Meine Bücher hatten Charm, Spannung und ein Aha-Erlebnis. Darum verkauften sie sich sehr gut. Worüber ich auch immer schrieb, man riss mir meine Bücher buchstäblich aus den Händen.

Meine Großeltern, König Oliver und Königin Josefine, waren beide mittlerweile verstorben, denn sie waren bei einem Jagdunfall gemeinsam ums Leben gekommen, darum trauerte das Volk der Bulonesier sehr um den König und die Königin. Es war für die Bürger des Reiches ein großer Verlust. Man hielt ein Jahr Staatstrauer ein, als sie verblichen waren. Außerdem baute man ihnen ein Mausoleum, indem ihre sterblichen Überreste untergebracht wurden. Nach ihrem Tod regierte der König Noah, der Erste! Er war ein guter Herrscher, aber er wollte bald in Rente gehen, denn er hatte vor, daß ich bald den Thron übernehmen sollte. Aber es kam, wie es kam und kommen mußte, und etwas

Unvorhergesehenes geschah, als ich gerade auf Urlaub war in der bulonesischen Mondbasis. Dort verbrachte ich oft viel Zeit, um an meinen Bücher zu schreiben. Hier sollte etwas Außergewöhnliches mit mir geschehen. Passierte es doch zur Mittagszeit, als ich in der Mondstation das Essen einnehmen sollte. Ich saß mit anderen Mondbewohnern zu Tisch und verspeiste das gute Essen aus den Mondgärten der Elfen und Feen, die schon seit Jahrtausenden auf dem Mond wohnten. Damals war Oliver mit der Skywalker I auf den Mond geflogen, einer großen Mondrakete, mit drei Stufen, die um die hundert Meter groß war, und hatte auf dem Mond eine Zivilisation vorgefunden, die Mondstadt der Elfen und Feen, die den Menschen bei der Besiedelung des Mondes behilflich waren. Geschah nun etwas, das niemand für möglich hielt mit mir. Von einem Moment zum anderen war ich von der Mondbasis verschwunden. Mein Körper hatte sich entstofflicht, meine Moleküle rasten durch Zeit und Raum. Dauerte es jedoch einige Sekunden, bis ich wieder an einem anderen Ort zum Vorschein gekommen war. Was war mit mir geschehen? Bemerkte ich doch, daß mein Körper sich in Luft aufgelöst hatte und sich an einem anderen Ort wieder zusammengefügt hatte. War es eine Teleportation? Wo befand ich mich jetzt? Verschwand ich doch urplötzlich ohne mein Zutun von der Mondstation. Grelles Licht blendete mich, als ich an einem anderen Ort rematerialisiert war. Erst hatte ich mich entstofflicht, dann fügte man meinen Körper wieder zusammen. Es handelte sich hierbei um einen

Transmitter, wie ich später erfuhr. Wo war ich jetzt? Mein Puls raste vor Aufregung, der Schweiß rann von meiner Stirn. Vor lauter Angst pochte mein Herz und ich mußte hyperventilieren. Von dem Transmittionsvorgang war mir etwas schwindelig. Es dauerte eine kleine Zeit, bis das helle Licht von dem Transmitter verschwunden war. Konnte mittlerweile erkennen, daß ich in einem geschloßenen Raum war, der leicht radioaktiv Verstrahlt war. Eine elektrische Tür ging auf und ein Mensch mit behaarten Händen kam herein. Seine Größe war ungefähr zwei Meter, und er hatte einen Kopf einer großen Hauskatze. Außerdem war er mit einem Body bekleidet. Er hatte Arme und Beine, die unbekleidet waren. Trug er doch große Stiefel, die seine Beine verbargen. Wer war dieses Wesen? Es war bestimmt eine humanoide Lebensform, sah er von Gestalt aus wie ein Mensch, hatte immerhin auch zwei Hände mit jeweils vier Fingern und einem Daumen. An den Füßen hatte er auch fünf Zehen. Die Haare auf seinem Kopf glichen einer Löwenmähne, die alle seine Artgenossen hatten. Sprach der Außerirdische doch klar auf Bulonesisch: „Willkommen auf dem Flaggschiff, der Bodaner! Lieber Kronprinz der Bulonesier, Jürgen-Klaus, sie sind jetzt unser Gast!" Mir war nun ganz anders im Kopf. Woher kannte diese menschengroße Katze meinen Namen? Wer hatte sie bulonesisch sprechen gelernt? Was hatten die Bodaner mit mir vor? War mein Leben nun in Gefahr? War ich wirklich ein Gast und konnte ich jederzeit wieder nach Hause? Ein zweiter Bodaner kam und half mir aus dem Transmitter. Dann stellten sich beide als Brüder vor. Einer hieß Peter, der andere hieß Hans! In ihrer Heimatsprache war der Name etwas anders als bei uns in Bulonesien. Aber die richtige Übersetzung ins bulonesische war Peter und Hans. Führten uns nun die Beiden in die Zentrale des großen Raumschiffes. Stellte ich nun den zwei Brüdern viele Fragen! Beobachtete ich die Zentrale unterdessen nun mit neugierigen Augen! Wie konnte es anders sein, aber ich kam aus dem Fragen nicht mehr heraus und staunte über die Antworten sehr. In der Zentrale befanden sich ungefähr zwei Dutzend Raumfahrer, von dem Volk der Bodaner. Peter und Hans waren die zwei Kommandanten des Schiffes, das den Namen „EINSTEIN" trug. Boten die zwei Brüder mir an, daß ich zeitverlustfrei auf ihren Heimatplaneten durfte, mich dort ein paar Wochen umschauen durfte, zwei Wochen lang, und dann zeitverlustfrei wieder zurück auf den Mond kommen würde. Das fand ich eine tolle Idee! Wie hieß dieser Heimatplanet der Bodaner? Natürlich Bodan und er befand sich in einem angrenzenden Sternensystem, mit dem irdischen Namen Alpha-Centaurie! So nannten die Bodaner ihre Sonne Bod. Wielange würde die Reise wohl dauern? Immerhin konnte die „EINSTEIN" eine riesige Geschwindigkeit erreichen. Sie flog in zehn Minuten auf eine maximale Beschleunigung von fünffacher Lichtgeschwindigkeit. War das nicht gefährlich? Immerhin konnte das Schiff in dem überlichtschnellen Flug erreichen, daß es nicht mit Materie kollidieren konnte. Im überlichtschnellen Flug war das Raumschiff in der fünften Dimension unterwegs, das hieße, das die „Einstein" nicht mehr mit Materie kollidieren konnte und zeitverlustfrei reisen konnte. War das nicht toll? Woher hatten die Bodaner diese überlichtschnelle Raumfahrt gelernt? Kam ich aus dem Staunen nicht mehr heraus! Was könnte ich bei den Bodanern lernen? Bald würden wir auf Ihrem Heimatplaneten sein? Während ich von den Bodanern entführt wurde, vermissten mich die Bulonesier auf der Erde, dem Mond, und den Raumstationen sehr! Wo war ich hingelangt, als ich mich auf dem Mond entstofflicht hatte? Man dachte an mich sehr. Gestatteten mir die Bodaner doch während des Fluges einen Funkspruch abzusetzen, mit der Botschaft, daß ich am Leben sei und bald wieder zurück kommen würde aus einer Sternenreise zu Alpha-Centaurie. Ich sei der Gast von einem sternenreisenden Volk geworden, das uns gegenüber friedlich sei. Daraufhin waren die Bulonesier sehr erstaunt und beruhigt.

Kapitel 2 – Die Welt der Bodaner

Der Planet Bodan war ungefähr so groß wie die Erde. Auch bestand er aus ¼ Land und ¾ Wasser. Sein höchster Berg war 12 Kilometer über dem Meeresspiegel. Die Natur auf Bodan war von Menschen unberührt, weitgehenst, weil die Bodaner unterirdisch siedelten, oder auf dem Meeresboden. Auf den fünf Kontinenten wuchsen viele Pflanzen. Es gab Farne, die so groß waren wie Bäume. Bäume wurden dort über zweihundert Meter groß. Auch wuchsen dort Pilze in der Größe von einigen Metern. Es gab Wiesen, die höher waren als ausgewachsene Menschen. Blumen blühten in den verschiedensten Farben und Formen, befruchtet von bienenähnlichen Insekten. So gab es viele pflanzenfressende Tiere, die manchmal irdischen Tieren ähnelten oder ganz anders waren. So gab es z.B. Affen, die sich rein vegetarisch ernährten und vier Arme hatten. Auch gab es Eidechsen mit sechs Beinen, die nur von Pilzen lebten, und einen schlagkräftigen Schwanz hatten, mit dem sie fest zu schlagen konnten. Es kamen auch eine Elefantenart vor, mit sechs Beinen und zwei Rüsseln, und vier Stoßzähnen, die von dem mannshohen Gras lebten. Natürlich existierten auf Bodan auch gefährliche Raubtiere, die von anderen Tieren sehr gefürchtet wurden. Es gab große Raubkatzen, die so ähnlich aussahen wie die Bodaner, aber sich fast ausschließlich von frischem Fleisch ernährten. Sie hatten allerdings zwei große Stoßzähne, jeweils im Unterkiefer und Oberkiefer, mit denen sie ihre Opfer blitzschnell töten konnten. Wölfe in der Größe eines Menschen ernährten sich in Rudeln, von wandernden Bisons, die in zahlreichen Herden in Bodan unterwegs waren. Sogar Aasfresser lebten dort sehr zahlreich, die so ähnlich aussahen wie Krokodile, mit sechs Beinen und zwei großen Köpfen, mit denen sie das Aas gleichzeitig fressen konnten. Ebenfalls lebten diese Krokodile im Wasser, gingen aber auch an das Land, um dort nach toten Tieren zu suchen. Flogen am Himmel doch die verschiedensten

Vögel, in einer Größe einer Hummel oder eines Flugsaurieres. Sie hatten alle zwei Flügel und zwei Beine zum Zugreifen. Die Flugsaurier stürzten sich beutesuchend von hohen Felsen, und waren wahre Segelkünstler. Als sie Beute gefangen hatten, mußten sie kräftig mit den Flügeln schlagen, um sie auf Ihren Horst zu bringen, wo die geschlüpften Jungen auf Nahrung warteten. Das war sehr anstrengend, wenn es keine Aufwinde gab. Im Wasser wimmelte es von Fischen, Fröschen und Wasserschlangen. Auch gab es eine Delphinart, die den irdischen Delphinen ähnelte, aber zehnmal so groß war, wie auf der Erde. Zu erwähnen wäre noch, daß es Menschenaffen gab, wie auf der Erde auch, allerdings mit einem grünen Fell, weil sie sich in den Bäumen verstecken mußten, um nicht von Raubkatzen gefressen zu werden. Sie waren durch das grüne Fell in den Bäumen nur sehr schwer zu erkennen. Kletterten sie doch sehr vorsichtig und schnell, nicht nur mit den Händen und Füßen, sondern mit einem kräftigen Schwanz. Waren es doch Säugetiere, wie auf der Erde auch! Sie gebärden Ihre Jungen lebend, wie es die Säugetiere auf der Erde auch taten. Also gab es auf Bodan die verschiedensten Tiere, genauso zahlreich wie sie es mal auf der Erde auch waren. Die Tiere auf Bodan wurden von den Bodanern nur selten gejagt, weil die Bodaner weniger Fleisch aßen, als die irdischen Menschen. So gab es auf Bodan, auch Wälder, Wiesen, Seen und Flüße, Moore und Sümpfe, Vulkane und Berge, oder Wüsten wie auf der Erde und drei große Ozeane. Auf fünf kontinentenalen Platten befanden sich die meisten Landmassen, und tausenden kleiner und größerer Inseln. Es gab nur eine große Stadt auf Bodan, die hieß Bodania, es war die Hauptstadt des Planeten. Sie dehnte sich in einer Elypse auf dem größten Kontinent aus, in einem kleinen Durchmesser von 200 Kilometern und einem großen Durchmesser von 300 Kilometern. Dort konnten tausende größere und kleinere Raumschiffe landen und starten. Die ganze Fläche war gepflastert mit feuerfesten Steinen, damit auch gewöhnliche Raketen dort starten und landen konnten. Um die ungefähr 50 000 Quadratkilometer große Landefläche war ringsum die Stadt gebaut in einer runden Mauer um den Raumhafen. Die Stadtmauer war ungefähr zweihundert Meter groß und in Ihr lebten ungefähr 100 Millionen Bodaner. Sie lebten vor allem von den Raumfahrern, die dort landeten, und dem Handel, den sie mit ihnen betrieben. So gab es noch unterirdische Städte und Unterwasserstädte. Dort lebten ungefähr nochmal 1,9 Milliarden Bodaner. Wovon lebten die Bodaner und woher bezogen sie Ihre Energien und Rohstoffe? Wie alt war Ihre Zivilisation? Was hatte sie den Menschen voraus? Wie war die Bildung der Bodaner? An welche Götter glaubten sie?

Die Kultur der Bodaner war mittlerweile eine Mischkultur, denn bei Ihnen lebten auch 100 Millionen Außerirdische von anderen Planeten. Es sah auf dem Raumhafen daher sehr exotisch aus, denn dort landeten viele Raumschiffe, von unbekannten Völkern! So gab es in der Stadtmauer viele befestigte Waffenanlagen, wie Laserkanonen, Abwehrraketen und Nuklearwaffen, mit denen sich die Bodaner verteidigen konnten, wenn kriegerische Außerirdische landen wollten. Die Verständigung mit den E.T.s war sehr einfach, es gab Bodaner mit mentalen Fähigkeiten, andere Sprachen zu sprechen, oder Translatoren zum Übersetzen in fremde Sprachen. Auch gab es noch Dolmetscher in die verschiedensten Sprachen, sowie die galaktische Sprache, dem Interkosmo! Die Bodaner beherrschten somit seit 10000 Jahren die Raumfahrt. Damals waren sie mit Raketen gestartet, und jetzt beherrschten Sie mittlerweile die Überlichtschnelle Raumfahrt! Ihre ganze Kultur war ungefähr 30000 Jahre alt. Auch sie lebten mal in der Steinzeit, wie wir Menschen auch! Später entwickelten sie auch paranormale Fähigkeiten, wie wir Menschen auch! Es war als die Menschen zu den Sternen reisen wollten, wurden sie von den Bodanern beobachtet und entdeckt. Würden die Bodanern den Menschen helfen einige Jahrtausende der Entwicklung zu überspringen? Dann könnten die Menschen auch die Überlichtschnelle Raumfahrt betreiben!

Kapitel 3 – Ein Kernfusionskraftwerk

Als ich auf Bodan „Willkommen" geheißen wurde, erklärte man mir, daß es auf dem Planeten zehn Kernfusionskraftwerke gäbe, die vollkommen ungefährlich wären und wichtig wären für die Besiedelung des Weltraums. Bei der Kernfusion in den Kraftwerken entstand aus Wasserstoffisotopen das Element Helium, das ein leichtes, ungiftiges Gas ist und unbrennbar. Man brauchte es um unbewohnten und atmosphärelosen Planeten bewohnbar zu machen, also ein Terraforming durchzuführen. Die Bodaner Peter und Hans sagten mir, daß sie auf dem irdischen Mond gerne ein Terraforming durchführen wollten. Mit dem auf Bodan gewonnenem Helium wollten sie dort eine Atmospähre aufbauen. Später würden Sie dann für die Existenz von Wasser auf dem Mond sorgen und für die Existenz von Sauerstoff. Dazu brauchten sie biochemische Anlagen auf dem Mond, die in rauhen Mengen Wasser und Sauerstoff produzieren konnten.

„Bitte sagt mir, wie funktioniert Euer Fusionskraftwerk?" wollte ich neugierig wissen und kratzte mich nachdenklich an dem Kopf! So erzählte mir Peter: „In einem Fusionskraftwerk wird aus Deuterium und Tritium eine thermische Reaktion herbeigeführt. Der Wasserstoff besteht aus einem Proton und keinem Neutron im Kern. Das Deuterium besteht aus einem Proton im Kern und einem Neutron. Das Tritium besteht aus einem Proton im Kern und zwei Neutronen. Man gewinnt es aus schwerem Wasser, das man destilliert und unter Elektrolyse setzt, den Sauerstoff vom Wasser trennt. Der Wasserstoff wird dann in eine Plasmakammer geschoßen. Es reichen nur wenige Gramm dieses Deuterium-Tritium-Gemisches aus um eine thermische Reaktion auszulösen. Dazu muß es auf – 259 Grad Celsius gekühlt werden. In festem Zustand schießt man es in eine Plasmakammer, die schwerelos, luftleer und ein Vakuum ist, um die herum ein künstliches

Schwerkraftfeld ist, das zehnmal größer ist als die Schwerkraft von Bodan. Man heizt die Plasmakammer auf hunderte Millionen Grad Kelvin auf, dabei entstehen Temperaturen, die so hoch sind, daß Atomkerne und die darum kreisenden Elektronen sich trennen. Es bildet sich ein Plasma. Die Teilchendichte in der Plasmakammer ist die eines Vakuums. Die freigesetzten Neutronen liefern dann mehr Energie, als man für die Herstellung dieser Reaktion braucht. Mit Hilfe von Wasser wird die stark aufheizende Plasmakammer gekühlt. Dieses erhitzte Wasser treibt Turbinen zur Stromerzeugung an. Bei dieser Kernreaktion wird nicht nur Energie frei, sondern auch das Element Helium, das wichtig ist für die Medizin, Industrie, Technik und das Terraforming. Die freiwerdende Energie von zehn Fusionskraftwerken genügt uns Bodanern den ganzen Planeten mit ausreichend Strom zu versorgen."

„Wie erreicht Ihr die notwendige Temperatur in der Plasmakammer?" wollte ich nun wissen? Dabei kam ich aus dem Staunen nicht mehr heraus.

„Wir benutzen zur Aufheizung mehrere Methoden: Wir heizen das Plasma elektrisch auf, dann beschießen wir Neutralteilchen, wir verwenden elektromagnetische Wellen, magnetische Kompression, Bestrahlungen mit Laser. Außerdem kühlen wir das Umfeld der Plasmakammer auf ungefähr -100 Grad Celsius. Dadurch entsteht eine starke Aufheizung des Plasmas, und die notwendige freiwerdende thermische Energie zur Herstellung des elektrischen Stromes. Die freiwerdende Energie ist mehrere tausend Mal größer als der notwendige Aufwand."

„Das ist ja sensationell!" entgegnete ich dem Bodaner Peter und mußte ihn freundschaftlich in den Arm nehmen: „Ist das nicht sehr gefährlich?"

„Nein!" kam die kurze Antwort. „Es wäre auch auf der Erde nicht gefährlich, wenn man die notwendigen Elemente verwendet. Man darf statt Deuterium und Tritium nun keine schweren Elemente verwenden! Sonst wäre es möglich, daß der Planet Erde einen Kernbrand auslösen könnte. Also auf keinen Fall größere Mengen Uran oder Plutonium verwenden!"

Nun hatte mich Peter und Hans durch die ganze Anlage geführt und ich konnte die Plasmakammer von außen sehen, die notwendigen Schaltanlagen eines Kernfusionskraftwerkes, zu Erwähnen wäre noch, daß die Plasmakammer eine Zentrifuge war, die sich selber ganz schnell drehte, damit die Kernreaktion in Gang gesetzt werden konnte! Natürlich würde es noch einige Jahrhunderte dauern, bis die Menschheit so weit sein würde, wie die Bodaner! Immerhin könnten die Bodaner helfen, die Menschen einige Jahrhunderte der Entwicklung zu überspringen! Was würden die Bodaner dafür haben wollen? Bestimmt wäre es wichtig, daß ich meinen Bulonesiern davon berichten würde, was ich hier auf Bodan sehen sollte, damit ich nichts vergessen hatte, schrieb ich mir alles mit der Genehmigung der Bodaner auf und machte mit meiner Fotokamera notwendige Aufnahmen, aber schriftliche und digitale Bücher durfte ich nicht mitnehmen, denn das war noch nicht soweit, obwohl die Bodaner solche Medien auf bulonesisch bereits hatten! Mir gingen die Ideen und Fragen nicht mehr aus dem Kopf. Mußte ich doch mittlerweile den Planeten, die Leute und die Technik kennenlernen. Die Atmosphäre und die Umwelt waren im Gegensatz zur Erde sehr rein! Würden wir es schaffen auf der Erde die gleichen Bemühungen zum Umweltschutz durch zu setzen! Als nächstes würde ich die Anlagen zur Herstellung von Deuterium und Tritium sehen, denn es gab auf Bodan einige Gezeitenkraftwerke, wo das Wasser chemisch rein gemacht wurde, dann in schweres Wasser verwandelt wurde, dann destilliert wurde und mit Hilfe von Elektrolyse in Deuterium verwandelt wurde. Aus einer Tonne Wasser konnte man immerhin 200 Kg Deuterium herstellen, viel Sauerstoff und auch etwas Tritium! Die Gezeitenkraftwerke bezogen ihre Energie durch Ebbe und Flut, die der bodanische Mond, mit Namen „Farikula" erzeugte. Dieser Name war eine Ehrung der Bulonesier, dessen Könige früher den Titel „Farikula" trugen!

Kapitel 4 - Wissenschaftliche Zukunft

Wie ich erfuhr, waren die Bodaner in der Lage, die natürliche Schwerkraft aufzuheben. Dazu verwendeten sie ein Gerät, daß mit elektromagnetischen Wellen arbeitete, die sich gegenseitig aufhoben in ihrer Wirkung und dabei schnell wechselten, in Verbindung mit einer starken Zentrifugalkraft! Auf diese Weise konnten Elektromotoren einen Wirkungsgrad von 99,99 % erlangen. Es war einfach sensationell, was die Bodaner da machten! So kam ich aus dem Staunen nicht mehr heraus. Wenn wir in Bulonesien solche Maschinen gehabt hätten, könnten wir eine Menge Energie sparen. Vor allem brauchten Waschmaschinen nur noch knappe fünf Minuten, bis die Wäsche gewaschen worden ist, statt wie bei uns ungefähr 2 Stunden bis die Wasche sauber war. Auch andere Geräte, wie ein Betonmischer brauchte nur noch eine Minute, bis der Beton fertig war. Sensationell waren auch Elektroautos, die in zwei Sekunden von null auf hundert Km/H kamen. Ein gerührtes Eis in der Eismaschine brauchte nur noch eine Minute. Flugzeuge konnten mit weniger Treibstoff und langsameren Motoren viel höher und schneller fliegen. Sogar U-Boote konnten schneller auftauchen und Raumschiffe der Bodaner konnten in einer Rekordzeit von fünf Minuten in die Umlaufbahn über den Planeten Bodan gelangen.

So verfügten die Bodaner über Transmitteranlagen oder auch Sternentore genannt. Deren Technik war ziemlich kompliziert und funktionierte auf einem Prinzip, daß sie ein Objekt oder einen Menschen an einem bestimmten Ort entstofflichen konnten und an der Transmitteranlage wieder rematerialisieren konnten. Man brauchte bei einer Transmitteranlage nur eine einzige Sende- oder Empfangsstation. Während man bei einem Sternentor eine Sendestation und eine Empfangsstation brauchte. Transmitteranlagen waren für kurze Entfernungen gedacht, Sternentore für weitere Entfernungen gebraucht. Ein Transmitter konnte etwas in das Orbit eines Planeten bringen, jedoch konnten Sternentore über mehrere Lichtjahre verwendet werden! So sehr mir die Bodaner versuchten zu erklären, wie Transmitter und Sternentore funtionierten, kapierte ich es nicht, lediglich, daß es sich hierbei um Quantenphysik handelte, leuchtet mir ein. Transmitter und Sternentore funktionierten nach der Einsteinschen Relativitätstheorie: $E = MC^2$!

Es klang verrückt, aber die Bodaner kämpften mit Laserschwertern, und Lasergewehren, und Laserkanonen, mit denen sie Ihren Raumhafen verteidigten. Sie besaßen sogar ganz kleine Lasertaschenmesser. So waren sie uns Bulonesiern um Jahrhunderte voraus in Richtung Lasertechnologie.

Während unsere Bulonesische Raumschiffe gerade mal die Fluchtgeschwindigkeit eines Planeten schafften, konnten die Bodaner mit Überlichtgeschwindigkeit fliegen. Sensationell war, daß Raumschiffe in der fünften Dimension unterwegs waren.

Beim Überlichtflug konnte kein Raumschiff mit Materie kolidieren, aber beim Rücksturz in den normalen Weltraum in die Unterlichtgeschwindigkeit schon. Wichtig war, daß man beim Rücksturz aufpassete, sowas zu vermeiden zu müssen. So mußte man genau berechnen wo man raus kam, zu vermeiden war auch ein zu starkes Abbremsen des Raumschiffes, wegen der aufkommenden Fliehkraft durch das plötzliche Abbremsen! Die Waren und die Besatzungen mußten beim Rücksturz deswegen festgeschnallt werden, um nicht durch die Gegend zu fliegen.   In den Bodanischen Raumschiffen herrschte eine künstliche Schwerkraft, damit man im schwerelosen Weltraum nicht im Raumschiff umherfliegen mußte.   Auf diese Weise arbeiteten auch Traktorstrahlen, die alles anzogen, was man mit Ihnen bestrahlte. Fast so wie ein Magnet das Eisen anzog.

Selbtsverständlich hatten die Bodaner auch Kernfusionsreaktoren und konnten damit die selben Energien nutzen wie es in einer Sonne war. Gefährlich war das nicht, wenn man keine schweren Elemente dafür verwendete.

Batterien hatten eine lange Verwendungsdauer im Gegensatz zu den irdischen Energieträgern. Eine voll geladene Batterie konnte ungefähr ein Menschenjahr benutzt werden. War das nicht sensationell?

An Bord Ihrer Raumschiffe gab es auch eine virtuelle Welt, wo man etwas erleben konnte, wie im Traum. Auch wenn es nicht geschehen war, war es wie in einem Film, was man dort erlebte, indem man dort selber mitwirken konnte. Natürlich konnte man sich selber aussuchen, was man dort erleben konnte. Es sollte damit dem Weltraumkoller vorgebeugt werden, wenn Raumfahrer dort lange unterwegs waren.

Zu erwähnen wäre noch, daß die Bodaner über Fesselfelder verfügten, um zum Beispiel Atombomben bei der Zündung einzudämmen! Somit könnten die Bodaner damit einen Atomkrieg verhindern. Auch konnten sie damit Wirbelstürme unterbinden. Darum gab es auf Bodan kaum noch Wirbelstürme, die Schaden anrichten konnten.

Erfuhr ich auch, daß die Bodaner in der Lage waren Menschen zu klonen. „Dürfen wir auch von Dir einen Doppelgänger klonen, der genauso aussieht und spricht wie Du? Jemanden, der genauso denkt und handelt wie Du?" fragte mich der Bodaner Peter höflichst:"Bitte, laß uns von Dir einen einaigen Zwilling machen!" Das erstaunte mich jetzt sehr! Man brauchte dazu von mir nur eine kleine Gewebeprobe von mir. Erst wußte ich nicht, was ich dazu sagen sollte, dann erwiderte ich: „Jetzt nicht, vielleicht später." Was waren das für Katzenmenschen? Wie waren sie doch unserer Zivilisation voraus? Was konnten wir von Ihnen alles lernen? So besaßen sie Fahrzeuge, mit denen man im Wasser in der Luft und an Land sich fortbewegen konnte! Auch hatten sie künstliche Androiden und Roboter, mit denen sie wichtige Aufgaben erfüllen konnten! Was konnten die Bodaner noch alles?

Kapitel 5 - Terraforming

Hans und Peter erzählten mir, daß sie 50 Planeten in den Sonnensystemen um Alpha-Centaurie ausgesucht hatten. Es waren unbewohnbare Planeten und Planeten, die kein Leben hervorgebracht hatten. Sie wollten diese Planeten bewohnbar machen. Mit dabei waren auch der irdische Mond und der Nachbarplanet der Erde, nämlich der Planet Mars.

Ein unbewohnbarer Planet brauchte dringend die Elemente Wasserstoff, Sauerstoff, Kohlenstoff und Stickstoff. Aus diesen wurde alles Leben, das auf einem Planeten entstehen konnte, zusammengesetzt. Um einen Planeten bewohnbar zu machen brauchte er 0,8 bis 1,5 Erdenmaßen, und er brauchte den richtigen Abstand zur Sonne. Es durfte nicht zu kalt sein, und nicht zu warm sein. Seine Anziehungskraft solllte groß genug sein, um eine Atmosphäre fest zu halten. Bereits vor 3,8 Milliarden Jahren entwickelten sich Cyanobakterien auf der Erde, als eine der ersten Lebensformen, die auf der Erde entstanden waren. Das waren Einzeller, die das Sonnenlicht nutzten zur Photosynthese und setzten dabei ein Abfallprodukt frei, den Sauerstoff. Diese Cyanobakterien konnten sich rasend schnell vermehren und sorgten dafür, daß die Erde zu einem Fünftel in der Atmosphäre aus Sauerstoff bestand. Beim Terraforming nutzte man auch diese Erkenntnis, allerdings nicht in 3,8 Milliarden Jahren, sondern in einigen Jahrzehnten.

Als erstes mußte auf einem unbewohnbarem Planeten eine Atmosphäre gebaut werden. Die Bodaner wollten auf dem Mond ein Sternentor errichten, um Ihr gewonnenes Helium dort zu entsorgen.

Es war ein Überbleibsel aus Ihren Kernfusionskraftwerken, das sie loswerden wollten. Darum errichteten sie um den Mond ein Kraftfeld, denn die Anziehungskraft des Mondes war zu klein, um eine Atmosphäre festzuhalten. Dieses Kraftfeld sollte die zu bildende Atmosphäre um den Mond festhalten. Die entstandene Lufthülle bestand vorerst aus dem Edelgas Helium, das unentflambar war. Damit sollte erreicht werden, daß das Klima des Mondes gleichmäßig warm wurde. Auf der Rückseite des Mondes wollten die Bodaner eine künstliche Sonne errichten, um diese dunkle Hälfte des Mondes auch besiedelbar zu machen. Früher waren auf dem Mond Temperaturschwankungen zwischen +130 Grad und -160 Grad Celsius möglich. Nach der Heliumatmosphäre und der künstlichen Sonne schwankten die Temperaturen zwischen +70 Grad und -20 Grad Celsius. Das gefrorene Wasser auf dem Mond sollte damit geschmolzen werden. Es entwickelten sich kleine Bäche und Seen auf der Mondoberfläche. Daraufhin brachte man die Einzeller in den Seen und Bächen aus, nämlich die Cyanobakterien, die dort massenhaft gediehen. Sie vermehrten sich nicht nur rasend schnell, sondern erzeugten mit Photosynthese viel Sauerstoff in der Mondatmosphäre. Als der Sauerstoffgehalt in der Mondatmosphäre stark gestiegen war, konnte man mit der Besiedelung von Pflanzen und später mit der Besiedelung von Tieren beginnen. Bei besten Bemühungen brauchte man für so ein Projekt mindestens vierzig bis fünfzig Jahre. Mit viel Glück reichte ein Menschenleben aus, um mit zu erleben, wie man den Mond besiedeln könnte. Auch die Besiedelung des Marses würde einige Jahrzehnte dauern. Wichtig war immer bei allen Planeten, eine ausreichend große Atmosphäre zu bilden, daß der Planet so warm wurde um sein verstecktes Wassereis zu schmelzen, und dann mit Cyanobakterien zersetzt wurde, und zu einem Sauerstoffproduzenten wurde. Auch wurde dabei Stickstoff freigesetzt und gefrorenes Kohlendioxid auf einem Planeten oder einem Mond. Wenn nun eine ausreichende Atmosphäre vorhanden war, entwickelte sich ein Wasserkreislauf auf dem Planeten oder Mond. Das flüssige Wasser verdampfte durch die Sonnenwärme, um dann hoch oben in den Wolken in der Nähe des Weltalles wieder abzukühlen und abzuregnen. Dieser Wasserkreislauf bewirkte, daß der Planet oder der Mond bewohnbar wurden.

Ein Mensch brauchte immerhin 20% Sauerstoff um auf einem Planeten wohnen zu können. Er vertrug kurzfristig Temperaturen in der Luft bis 100 Grad Celsius und konnte auch bis zu 30 oder 40 Grad minus kurzfristig ertragen. Wenn die Körpertemperatur unter 32 Grad sinken würde, könnte das tödlich sein. Bei einer Körpertemperatur über 42 Grad Celsius konnte das auch tödlich sein. Wenn ein Planet nun bewohnbar gemacht würde, dann müßte überall der notwendige Sauerstoff sein, um alle Lebewesen auf dem Planeten zu versorgen. Ebenfalls mußte genügend Wasser vorhanden sein, um alle Pflanzen, Tiere und Menschen zu versorgen. Wenn das Terraforming erfolgreich war, dann würde der Mond zu einer blühenden Wiese werden, reich an Bäumen und Wäldern, Seen und Flüßen, aber auch reich an den verschiedensten Pflanzen und Tieren! Was würden die Menschen zur Besiedelung des Mondes sagen und was würden die Elfen und Feen dazu sagen? Waren sie mit den Ideen der Bodaner einverstanden?

Kapitel 6 - Meine Rede

Begrüßt wurde ich herzlich von dem Obhutsmann der Bodaner. Vor dem versammelten Senat schüttelte er mir die Hände. Dann durfte ich mich vorstellen:

„So bin ich der Kronprinz der Bulonesier und der zukünftige König dieses Landes. Bestimmt habe ich eine schwere Aufgabe. Es ist nämlich die Aufgabe, daß ich mein Volk zu den Sternen führen muß, so wie es Gott von uns will. Wir Erdenmenschen haben die ersten Füße in den Weltraum gefasst. Besitzen wir doch eine Mondbasis und etliche Raumstationen, auch haben wir einen Weltraumbahnhof und verfügen über Weltraumraketen, mit denen wir in den Weltraum fliegen können. Es war, als ich auf der Mondbasis verweilte, da habt Ihr mich entführt. Damit hattet Ihr genialer Weise, den ersten, wichtigen Kontakt zu uns Menschen herbeigeführt. Bin ich bald wieder zuhause, dann werde ich meinem Volk von Euch berichten. Habe ich doch mitbekommen, daß Ihr uns weit überlegen seid, in Sachen Science-Fiction. Es wäre toll, wenn Ihr so gütig seid, uns helft um einige Jahrhunderte wertvoller Arbeit, unseren wissenschaftlichen Fortschritt zu überspringen. Bestimmt könnt Ihr uns zeigen, wie man ein Kernfusionskraftwerk bauen kann. Seid Ihr uns doch voraus im Terraforming, dem bewohnbar machen von unbewohnbaren Planeten. Überlegen seid Ihr uns auch in vielen anderen Dingen, wie der Transmittertechnologie, und künstlicher Schwerkraft oder künstlicher Schwerelosigkeit. Besitzt Ihr doch energetische Kraftfelder. Wir könnten das alles gut brauchen in unserer Heimat dem Bulonesischen Staat. Wir auf der schönen Erde haben einen sozialistischen, freiheitlichen Staatenbund gegründet, der den Namen trägt: Das Heilige Bulonesische Reich aller Nationen! Die Wurzeln dazu begründete der König Farikula der I. Indem er ein Friedensreich aufbaute und den Sozialismus einführte in seinem Königreich. Auf ihn gehen die Prinzipien zurück, wie man mit Menschen umgeht, die einen bösen Geist bekommen hatten!" So wurde ich unterbrochen: „Wir kennen diese Geschichte schon von damals, als Ihr in Bulonesien die schlimme Krankheit „Majestätische Demenz" behandelt habt. Sie kommt daher, daß ein böser Geist von einem Menschen besitzt ergreift und der Mensch wurde von Euch medizinisch behandelt. Dabei stellte ich heraus, daß der geheilte Besessene gesund geworden ist, aus einem Grunde. Wenn der gesunde, geheilte Patient dann wieder geheilt wurde, suchte sich der böse Dämon ein neues Opfer. Auch auf dieses neue Opfer konnte dann der Heilungsgrund übertragen werden. Das heißt, wenn ein Besessener geheilt worden ist aus einem bestimmten, wichtigen Grund, dann würde ein neuer Mensch besessen, und konnte dann auch geheilt werden aus diesem wichtigen Grunde. Weil Ihr das geschafft habt, waren wir stolz auf Euch, denn darin ward Ihr uns Bodanern weit überlegen. Wir hätten den Fehler gemacht, den Besessen zu töten und seinen Heilungsgrund nicht zu akzeptieren. Darum gibt es bei uns Bodanern kaum noch solche schlimmen

Besessenen, die sich dazu noch frei machen könnten von einem Dämonen. Bei uns müßen die Besessenen den Dämonen, der sie plagt, behalten und mit ihm eine mediale Verbindung eingehen."

„Dann bin ich ja froh, daß wir etwas besser können als Ihr Bodaner!" antwortete ich ganz überrascht und kam aus dem Staunen nicht mehr heraus. Dabei runzelte ich mit der Stirn und holte dabei tief Luft. Was würde jetzt als nächstes geschehen?

„Auch in Richtung Hypnose seid Ihr besser gestellt als wir, denn wir haben schon immer Hypnose verteufelt, weil man damit Kontakt zu den Dämonen herstellen konnte. Das war für uns ein Unding, mit dem sich nur Besessene beschäftigen sollten." sprach der Obhutsmann mir zu! Dabei legte er seine beiden großen und kräftigen Hände auf meine schmale Schulter und klopfte mir freundschaftlich auf den geraden Rücken. Was sollte ich darauf sagen? Es kam, wie es kommen mußte und einer der Besessenen Bodaner redete mir zu, daß er das mit den Heilungsgründen mal gerne ausprobieren würde. Was würde ich tun, wenn er von einem Dämon geheilt wurde, aus einem bestimmten, wichtigen Grunde; und der Dämon dann auf mich überspringen würde? „Dann würde ich gerne wissen aus welchen Grunde, die Heilung statt finden würde?" antwortete ich dem Besessenen Bodaner, der übrigens den seltsamen Namen Rumpelstilzchen hatte. War Rumpelstilzchen nun ein Mann oder eine Frau? Man konnte das bei den Bodanern schlecht sagen, denn Männlein und Weiblein sahen bei Ihnen gleich aus, lediglich an dem Namen konnte man erkennen, wer weiblich oder männlich war! So freute ich mich darauf, dem Rumpelstilzchen einen Dämonen ab zu nehmen, wenn ich nun einen Heilungsgrund erfahren konnte. War es doch bei uns Bulonesiern eine Ehrensache das zu tun und den Heilungsgrund zu akzeptieren, ihn dann nach zu eifern. Wenn Rumpelstilzchen gesund wurde aus einem bestimmten, wichtigen und ehrenvollem Grunde, dann konnte ich und durfte ich das auch! War das nicht toll? Die Bodaner versprachen, das Rumpelstilzchen in diesem Fall nicht zu töten! Es wäre das erste Mal in der bodanischen Geschichte, daß der Besessene in diesem Fall nicht getötet wurde. Was war das nun für ein Heilungsgrund? Nach dem Vortrag meiner Wenigkeit verbrachte ich viel Zeit mit Rumpelstilzchen, das sich als eine Frau herausstellte. Was war das doch für eine tolle, begehrenswerte Frau, wenn man sie anschaute. Sie hatte große Brüste, eine lange Mähne, ein etwas zotteliges Fell und schmale Hüften, einen breiten Hintern und hatte einen galanten Gang. Mit anderen Worten sie sah zum Verlieben aus. Auch die Männer hatten solche großen Brüste. Wie alle anderen Bodaner es schon seit vielen Jahrtausenden taten, stillten sie damit Ihre Babys! War das nicht reizend? So waren sie uns doch technisch so überlegen, aber in diesem Punkt standen sie noch ganz unten auf der Entwicklung ihrer katzenmenschlichen Rasse. Konnte es sein, daß Rumpelstilzchen sich in mich verliebt hatte und das Ihr Heilungsgrund war?

Kapitel 7 Eine Freundschaft

Verbrachte ich doch ein paar schöne Tage auf dem Planeten Bodan. Meine ständige Begleitung war das Mädchen Rumpelstilzchen, die war ungefähr 20 Erdenjahre alt, das waren immer 10 Bodanerjahre. Ein Bodanerjahr war somit zwei Erdenjahre, denn Bodan brauchte zweimal solange um seine Sonne, wie die Erde um Ihre Sonne. Oft konnten wir uns vor geschäftigen Schaulustigen nicht mehr retten. Wo immer wir auftauchten, wurden wir bewundert und bestaunt. Neugierige Blicke und viel Gejubel war da, wenn Rumpelstilzchen und ich kamen. Sah ich doch die unterirdischen Produktionsanlagen für die Bodanische Technik, genauso die landwirtschaftlichen Anlagen für die Ernährung der Bodaner. Überirdisch gab es nur viele, nett angelegte Obstgärten, die von den Bodanern abgeerntet wurden. Meistens war die Natur von Bodan unberührt und die vielfältige Tierwelt auf den verschiedenen Kontinenten und Inseln konnte sich ungestört entfalten. Die Bodaner hatten schon kurz nach der Steinzeit damit begonnen unterirdisch zu siedeln. Es gab auf dem Planeten nur eine Rasse der Bodaner und eine Sprache! Glaubten Sie alle nur an einen wahrhaftigen Gott und hatten Sie nur eine einzige Religion. Je mehr ich von dem schönen Planeten zu sehen bekam, desto mehr verliebte sich das hübsche Rumpelstilzchen in mich und ich in sie. Wir waren unterschiedlich und andersartig geschaffen worden von unserem Gott. Trotzdem hatten wir ein jeder ein anderes Geschlecht. Sie war eine weibliche Attraktion und ich ein männlicher Gegenpol. Immer wieder führten wir beide tolle, interessante Gespräche, die nicht mehr enden wollten. Aßen wir doch zusammen, waren wir beide unterwegs, und schliefen wir doch zusammen; in irgendwelchen Hotels oder Gasthäusern, die alle ziemlich unterirdisch waren. Köstliche Speise und erfrischender Trank konnte von mir gegessen und getrunken werden, obwohl ich kein Katzenmensch war. Vertrug ich doch die schmackhafte Nahrung der Bodaner sehr gut. Nachdem ich viele Sehenswürdigkeiten gesehen hatte, kam der Tag des Abschieds. Rumpelstilzchen wollte mit mir Baden gehen. Dazu begaben wir uns an die Oberfläche des Planeten. Ein wunderschöner See lud zum fröhlichem Nacktbaden ein, denn die große Katze und ich hatten keine Badesachen dabei, außerdem war es bei den Bodanern nicht üblich Badewäsche anzuziehen. Sie badeten meistens nur nackt und unbekleidet. Sah ich doch die tolle, und üppige Figur von Rumpelstilzchen, und sie sah zum ersten Mal einen nackten Menschen. Beim Baden schwammen wir um die Wette und tauchten so weit wir konnten. Es gab in dem schönen See keine Krokodile oder andere gefährlichen Tiere. Die meisten Tiere auf Bodan ließen die Bodaner in Ruhe. Es kam wie es kommen mußte. Wir schwammen zusammen, indem wir uns aneinander festhielten. Blickten wir zwei uns gegenseitig tief in die Augen. Beide waren wir etwas ineinander verliebt. Das funktionierte also bei Katzenmenschen und Erdenmenschen genauso. Auf einmal kam es über uns und wir küssten uns. Rumpelstilzchen war unheimlich begeistert, denn das war der erste intime Kuß in ihrem Leben, denn die Bodaner kannten das nicht. Dabei kam es, daß sie Ihre Zunge in meinen Mund steckte und ich meine in ihren Mund und vorher umgekehrt. Sie genoß das genauso wie ich. Dann sprach sie zu mir, daß sie gerne ein Kind von mir hätte? Darüber war ich sehr erstaunt. Was sollte ich jetzt tuen? Gab sie mir doch was edles zu Trinken. Ich wußte nicht was es war und warum sie mir das gab. Nach den Bräuchen der Bodaner waren wir jetzt Mann und Frau. Hatte sie mir doch eine Droge gegeben, mit der sie mich gefügig gemacht hatte. Diese Drogen mußten alle Männer schlucken, um dann mit einer Frau verheiratet zu sein und willenlos gemacht zu werden für den Sex. Die Ehe zwischen den Bodanern geschah immer mit einem Badeurlaub in einem See oder Fluß auf dem schönen Bodan. Vollzogen wurde die Ehe dadurch, daß die Frau ihrem Mann ein Aphrodisiakum gab, um beim Sex mit dem Mann zu machen was sie wollte. Die Eheschließung endete mit einer Schwangerschaft. Das war alles mir gänzlich unbekannt und ich konnte der Bodanerin nicht mehr widersprechen. Sie liebte mich so sehr wie nie ein Mensch zuvor in meinem Leben. Wenn ich gewußt hätte, was mir da blühen würde, hätte ich nicht mitgemacht. So bekam ich es nicht mehr richtig mit, als wir uns beide vereinten. Sie hatte eine feuchte Scheide, wie die Menschenfrauen und mein Glied war gerade groß genug um in ihre wohlriechende Vagina rein zu passen. Immer wieder stoß ich in Ihre weibliche

Geschlechtsorgane und hatte das erste Mal in meinem Leben einen Koitus mit einer Frau. Niemand von uns beiden wußte, ob eine Schwangerschaft zwischen Bodanern und Menschen möglich wäre. Aber das konnte man nicht ganz ausschließen. Wenn sie mich nicht unter Drogen gesetzt hätte, hätte ich wahrscheinlich nicht mitgemacht. Als dann die Abschiedsfeier kam, ließ ich eine liebende, schwangere Frau zurück. Zum Abschied sagte sie mir auf bulonesisch: „Bitte bleib mir treu!" Was für einen Heilungsgrund hatte sie gehabt? Es war für sie natürlich eine Heilung, daß sie sich in mich verliebt hatte. Für mich war es dann auch heilsam, vor allem weil ich jetzt Vater geworden war und gleichzeitig verheiratet war. Wann würde das nette Rumpelstilzchen und ich uns wieder sehen, hätte sie am liebsten gleich mitgenommen! Aber der Obhutsmann sagte, daß wir uns gedulden müßten, denn unser Baby müßte auf Bodan medizinisch betreut werden und die schwangere Frau auch, weil wir unterschiedlichen Menschenrassen angehörten. Abschied nehmen tat diese Mal sehr weh! In Gedanken würden wir beide zusammenbleiben, weil wir jetzt Mann und Frau geworden sind. So war es bei den Bodanern üblich. So merkte ich jeden Morgen, beim Aufstehen, beim Essen und Trinken, und so weiter, daß jemand an mich dachte und ich an sie! Wir spürten unsere Gedanken gegenseitig. Waren wir doch jetzt ein Kollektiv geworden. Wir konnten uns also telepathisch austauschen. So wußte ich immer, was auf Bodan los war und sie was auf der

Erde los war. Ich spürte auch als unser gemeinsames Kind auf die Welt kam, eine hübsche Tochter!

Kapitel 8 - Wird König Noah sterben?

Es war an dem selben Tage, als ich von Bodan zurück gereist war, in Naibu der Hauptstadt von Bulonesien. Befand ich mich doch im Thronsaal des königlichen Schloßes. So gelangte ich in die Audienz des Königs Noah, der mein Onkel war. Plötzlich klagte der König über starke Schmerzen im Brustbereich, die bis in den linken Arm strahlten. Er hatte starke Angstzustände und litt unter Atemnot. Kalter Schweiß rann von der Stirn und dem Rücken. Ihm war übel, er mußte brechen. Sein Gesicht war blass und arschgrau. In der Brust war ein starkes Druckgefühl. Sofort wurde Dr. Tilo Hirsch gerufen, der Leibarzt des Königs. Der kam sofort. Stellte er nach kurzer Untersuchung fest, daß es sich um einen Herzinfarkt handelte. Der Notarzt kam und die Sanitäter. Sie nahmen den König mit. Noah hatte keine Zeit mich zu begrüßen, denn im selben Moment, als ich den Thronsaal gekommen war, war er zusammen gebrochen. Ich konnte nur noch seine Hand halten, als die Sanitäter ihn auf die Trage legten. Er war sehr erstaunt, daß ich wieder da war. Versuchte er doch was zu sagen, aber das Reden fiel ihm schwer. Einer der tüchtigen Sanitäter sagte nur zum König Noah, um ihn zu beruhigen: „Bitte lassen Sie es gut sein, sagen Sie kein

Wort. Sie brauchen dringend Ruhe, denn Sie haben einen Herzinfarkt!" So war es möglich, daß ich mit ins Krankenhaus fahren durfte. Sollte meine Gegenwart doch den kranken König beruhigen. Während der langen Fahrt ins Krankenhaus erzählte ich dem König, was ich alles auf dem schönen Planeten Bodan erlebt hatte. Der König war über meinen ausführlichen Bericht sehr erstaunt, denn er wußte, daß mich unbekannte Außerirdische entführt hatten, von dem misteriösen Funkspruch nach meinem unheimlichen Verschwinden auf der Mondbasis. Vergeblich hatte man mich auf dem ganzem Mond gesucht und auch bei den freundlichen Feen, die auch auf dem Mond lebten. Man hatte mich nicht gefunden. Die anstrengende Suche war vergeblich.

Warum bekam mein Onkel einen schweren Herzinfarkt, als ich dem großen Thronsaal war? Nun hatte er ein verkehrtes Medikament bekommen, das zu einem solchen Infarkt geführt hatte. Wegen schwerer Schlafstörungen hatte der geschäftige Dr. Tilo Hirsch, dem König ein neues, noch unbekanntes Schlafmittel verordnet, das erst kürzlich auf den Markt gekommen war. Hätte man doch die Schlafstörung besser durch Hypnose behandelt, dann wäre das nicht geschehen. So kam es, daß König Noah auf die Intensivstation mußte, um behandelt zu werden. Die ganze Zeit mußte ich die Hand meines lieben Onkels halten. Was würde geschehen? Die Ärzte hatten sehr schnell heraus, warum der regierende König einen Herzinfarkt gehabt hatte. Es stellte sich heraus, daß Dr. Tilo Hirsch leichtfertig ein gefährliches

Medikament verschrieben hatte, das unter Umständen zu einem Herzinfarkt führen würde. Natürlich konnten die Ärzte dem König helfen, daß er wieder gesund würde. Schließlich hielt ich nicht nur einen ganzen Tag und eine ganze Nacht seine Hand, und ließ sie nicht mehr los; sondern beruhigte ihn damit, indem ich ihm alles über die gastfreundlichen Bodaner schilderte. Sogar über Ihre Bräuche und Ihrer große technische und naturwissenschaftliche Überlegenheit erzählte ich ihm. Auch sagte ich meinem neugierigen Onkel, daß sie mir als Gastgeschenk ein lebensverlängerndes Medikament gespritzt hatten, durch das ich mehrere hundert Jahre alt werden konnte. Noah spitzte die Ohren. Nach langem Schweigen fragte er mich, ob er auch so ein wertvolles Medikament haben könnte?

„Selbstverständlich!" antwortete ich meinem genesenden König und streichelte dabei seine Wangen: „Wenn Du die Bodaner darum bittest! Sie werden Dir gerne etwas impfen, falls Du es wünscht!" Dabei mußte der König lachen und ich mit ihm!

War es doch schön, daß es dem König Noah bald besser ging. Auch kam der Hofarzt an das Krankenbett und entschuldigte sich über seinen medizinischen Fehlgriff. Nach zwei langen Tagen kam der Herrscher von Bulonesien auf eine andere Krankenstation, und ich durfte nun wieder gehen. Die ganze, lange Zeit war ich am Bett gewacht und nur kurz mal auf dem Stuhl eingenickt. Jetzt konnte ich wieder nach Hause gehen und endlich ausschlafen. Rief ich doch vor dem Krankenhaus ein Taxi. Zwar hatte ich dummerweise kein Geld dabei, aber als der freundliche Taxifahrer erkannte, wer ich war, fuhr er mich umsonst ins königliche Schloß, wo mein königliches Schlafgemach sich befand. Während König Noah einige Monate sich erholen mußte, von seinem Herzinfarkt; durfte ich das Land Bulonesien und das Land der Roslinger regieren in Remission und auch den Staatenbund des Heiligen Bulonesischen Reiches aller Nationen! War das nicht toll? So entschloß ich mich die Menschheit vorzubereiten auf die versprochene Ankunft der Bodaner! Wir würde die Menschheit auf die friedliche Landung der Außerirdischen reagieren?

Kapitel 9 - Die vierte Dimension und das Universum

Die vierte Dimension ist natürlich die Zeit. Dehnt sich ein Objekt doch in Länge, Breite und Höhe aus, und zusätzlich noch in der Zeit, also seiner Dauer. Wir Menschen tun uns schwer die vierte Dimension zu sehen. Wir sehen das Licht im Bereich von 380 bis 780 Nanometer. So ist das menschliche Auge ein Sinnesorgan zur Wahrnehmung von Lichtreizen. Sehen wir Menschen doch vierdimensional. Eine Dimension ist das Ausmaß eines Objektes oder die körperliche Größe eines Gegenstandes, oder der physikalische Raum einer bestimmten Sache. Psychologisch gesehen gibt es Persönlichkeitsdimensionen, Verhaltensdimensionen,

Wesensmerkmale und Persönlichkeitsfaktoren. Die Frage ist, welche Dimension hat das Universum? Es hat einen Durchmesser von mindestens 78 Milliarden Lichtjahren. Unsere Sonne hat ein Alter von 5 Milliarden Jahren. Die Galaxie Milchstraße ist elf bis zwölf Milliarden Jahre alt. Unser Universum hat ungefähr 13 Milliarden Jahre auf dem Buckel. Sterne in der Milchstraße sind manchmal schon zehn bis elf Milliarden Jahre alt. Also 6 Milliarden Jahre älter als unsere Sonne. Das Universum ist der ganze Raum, den man prinzipiell messen und beobachten kann. Das Weltall dehnt sich aus und wird immer größer. Vielleicht dauert das eine Ewigkeit an. Welche Form hat das All? Sie ist noch unbekannt, aber man geht von einer Kugelform aus. Wenn man zwei Laserstrahlen parallel zueinander verlaufen läßt, werden sie irgendwann einmal von einander abweichen, so groß ist das Universum. Kann es auch Paralleluniversum geben? Besteht doch der Verdacht, daß es viele Universum gibt, die einen ähnlichen oder gleichen Ablauf haben in räumlichen und zeitlichen Ereignissen. Eine Dimension tritt in einer Vielzahl von Zusammenhängen auf. Die Zeit ist die vierte Dimension und besteht aus Vergangenheit, Gegenwart und Zukunft. In der Gegenwart geschieht immer irgend etwas! In Vergangenheit kann etwas vor kurzem geschehen sein, oder vor längerem, oder schon vor ganz langer Zeit. Die Zukunft ist noch nicht geschehen. Alles in der Zukunft ist noch ungewiß, und wird in der Gegenwart und Vergangenheit bestimmt. Ein Ereignis, das statt findet, oder statt gefunden hat, kann die Zukunft beeinflußen. Wissen das auch die bösen Engel zu genau. Was in der Vergangenheit passiert ist, kann man nicht mehr verändern. Nur in der Gegenwart kann man etwas tun. Das Leben auf der Erde hängt von der Sonne ab. Sie könnte noch sieben Milliarden Jahre scheinen. Wahrscheinlich wird es einmal eine Supernova geben. An ihrem Ende wird sich die Sonne aufblähen, und ganz hell aufleuchten. Millionen- und Milliardenfach würde sie heller werden. Ihr größter Teil würde in Energie umgesetzt werden. Ende einer Sonne, eines massereichen Sternes ist eine Supernova. Die Kernfusion in einer Sonne würde in immer schwerere Elemente geschehen. Bis im Kern Eisen übrig bleibt, würde die Kernfusion geschehen.

Wie entstand das Universum eigentlich? Vor 13,8 Milliarden Jahren gab es einen „Urknall", auch „Big Bang" genannt! Es zog sich immer mehr Materie zusammen, bis sie ganz arg verdichtet war. Und unvorstellbar komprimiert! Dann gab es eine laute Explosion, und alles begann sich auszudehnen. Das Universum expandierte, vielleicht wird es irgendwann einmal wieder in sich zusammenfallen.

Bestimmt könnten die Bodaner in der Zeit zurück reisen, bis zum Urknall. War das Universum schon vor dem Urknall existent? So besaßen die Bodaner einige kleine Zeitmaschinen, mit der sie in der Zeit hätten reisen können. Eine Reise in die Vergangenheit war für sie jedoch gefährlich, denn was würde geschehen, wenn jemand ein Zeitparadoxon auslösen würde? Ein Zeitparadoxon war etwas, das es nicht geben dürfte. Stellen wir uns mal vor:

„Jemand reist in die Vergangenheit zurück und verhindert dabei seine eigene Geburt." Was könnte dann geschehen? Kann jemand in die Vergangenheit reisen, der nicht geboren worden ist? Kann jemand nicht geboren werden, wenn er selber seine Geburt verhindert hat? Bestimmt könnte man viele solcher sogenannten „Zeitparadoxon" auslösen, wenn man in die Vergangenheit reisen würde! Darum reisten die Bodaner höchst selten in die Vergangenheit, und dann nur ganz weit in die Vergangenheit und ganz weit entfernt vom Planeten Bodan, um kein „Zeitparadoxon" aus zu lösen. Oder sie reisten in die Zukunft, weil diese noch nicht geschehen war! Dort konnte man kein „Zeitparadoxon" auslösen. Aus diesem Grund durfte immer nur eine Person oder einige Personen in die Zukunft reisen, dann aber nur einmal in dieselbe Zeit und in den selben Ort! Um auch da kein „Zeitparadoxon" auslösen zu können. Nun hatten mir die Bodaner eine ihrer Zeitmaschinen mitgegeben, um sie in den Kampf gegen die bösen Engel einzusetzen. Reisten die Dämonen doch immer von der Zukunft in die Vergangenheit. Sie wurde in der Zukunft geboren und starben in der Vergangenheit. Wenn sie geboren wurden hatten sie keinen Namen. Ihren Namen bekamen sie, wann immer sie starben. Könnte ich die Maschine im Kampf gegen die Dämonen sinnvoll einsetzen?

Kapitel 10 - Der Rat der Dämonen

Während ich in Bulonesien war und mit meinem Onkel Noah redete, wurde auf dem Planeten Bodan nach 9 Erdenmonaten unser Kind geboren. Meine liebe Frau brachte in meiner Abwesenheit eine kerngesunde Tochter zur Welt, die Miriam heißen sollte. Wann würde ich unsere gemeinsame Tochter sehen können? Es war eine schmerzlose und unkomplizierte Geburt, die nur eine halbe Stunde dauerte. Überglücklich war meine stolze Frau und Miriams Mutter, über die Geburt unserer Tochter. Sie hatte das Gesicht des Vaters, auf ihre Weise. Der Körper jedoch war wie eine Bodanerin. Würde dieses Kind wachsen und gedeihen, obwohl es zwei verschiedenen Menschenrassen angehörte. Der freudige Vater war ich, und die glückliche Mutter war Rumpelstilzchen. Im selben Augenblick, als unser Kind das Licht von Bodan erblickte, trafen sich die bösen Dämonen in den Resten der bulonesischen Wüste, die ein Überbleibsel aus vergangen Zeiten war. Hielten sie dort einen Kriegsrat ab. Ging es doch um die bevorstehende Ankunft der Bodaner und Ihre Hilfe für die Erdenvölker. Was konnten die gefürchteten Dämonen tun, um den irdischen Bulonesiern und ihren katzenähnlichen Außerirdischen Freunden einen Strich durch die Rechnung zu machen? Durften sie es zulassen, daß sie der gesamten Menschheit halfen, zu den weit entfernten Sternen zu reisen? Konnten sie etwas tun, um zu verhindern, daß die Bulonesier und das Heilige Bulonesische Reich aller Nationen, auf anderen Planeten siedeln werden? Wäre es möglich die Bodaner und die Menschen gegeneinander auszuspielen? Könnten sie auch von den Bodanern Besitz ergreifen? Wie würden die Bodaner reagieren, wenn die irdischen Dämonen auf sie überspringen würden? Konnten die Bodaner das Überspringen eines Dämonen doch gar nicht ertragen, töteten sie doch den Menschen, von dem der Dämon ausgegangen ist. War es den schrecklichen Dämonen möglich, daß sie nach Bodan reisten, um die Bodaner mit der schlimmen Krankheit „Majestätische Demenz" zu infizieren? So wollten sie einen Großangriff auf die Welt der Bodaner starten. Konnten sie von den Bodanern genauso Besitz ergreifen, wie bei den Elfen und Feen, und den Menschen? Natürlich mußten sie erst mal nach Bodan kommen, aber wie? Würden sie in der früheren Vergangenheit eine gute Möglichkeit finden, dort hin zu kommen? „Wir werden in einer Zeit zuschlagen, als die Bodaner auf der Erde von mehreren hundert Jahren, notgelandet sind, weil ihr überlichtschnelles Raumschiff bei einer Kollision mit einem Asteroiden schwer beschädigt wurde. Wissen wir doch wann und wo die Bodaner damals auf der Erde notgelandet sind, aus wertvollen Überlieferungen der Bulonesier. Dort müßen wir hin, die sternenreisenden Katzenmenschen von dem notgelandetem Raumschiff und Ihren Raumgleiter in Besitz nehmen, dann werden wir damit auf den Planeten Bodan damit landen können. Wir müßen den Bodanern nur dabei helfen, daß sie dieses beschädigte und schiffbrüchige Raumschiff reparieren. Das würde nicht so schwierig sein, denn die Bodaner haben genügend Material dabei, und genügend Ersatzteile um ein gestrandetes Sternenschiff zu reparieren. Wir werden erst zuschlagen, wenn wir sicher sind, daß wir die Besatzung der Bodaner übernehmen könnten, indem wir uns in ihrem Geist einnisten werden. Würde uns das nicht gelingen, könnten wir damit rechnen, daß die Menschheit einen so großen Fortschritt bekommen würde, daß sie mit uns bösen Engeln kurzen Prozess machen würde. Wir haben nichts mehr zu verlieren! Die intelligenten Parapsychologen auf der Erde könnten uns armen Dämonen einen Garaus machen, wenn sie die Zeitmaschinen der außerirdischen Bodanern benutzen würden. Konnten sie doch in die Zukunft reisen und dort uns Dämonen das Hälschen durchschneiden. Wenn die Menschen den Geburtsort aller irdischen Dämonen finden würden, könnten sie dort alle bösen und unmenschlichen Dämonen töten, und hätten dann für alle Zeit Ruhe vor uns gefährlichen Teufelchen. Es geht um Sein oder Nichtsein für uns bösen Engel. Wenn wir versagen werden, haben uns die Menschen in der Hand, denn die Bodanschen Parapsychologen sind den irdischen weit voraus. Sie könnten unseren geistigen Körper in ein Transportfeld einsperren, bis in alle Ewigkeit. Uns ginge es dann wie einem armen Flaschengeist, der nicht mehr aus seiner winzigen Flasche heraus kommt. In einer Kernfusionsanlage könnten sie uns Dämonen dann kontra minieren, das heißt, uns in unsere Einzelbestandteile zerlegen, oder anderst gesagt, uns in reine Energie zu verwandeln. Das wäre dann unserer sicherer Tod, wenn wir in einer Plasmakammer enden würden, in einer bodanischen Kernfusionsanlage. Denn dort herrschen Temperaturen von Millionen Graden und es ist dort völlig schwerelos, gleichzeitig ist die Plasmakammer eine Zentrifuge, die uns Dämonen arg durchschüttelt, so wie ein Orkan in einem Wasserglas! Wollen wir bösen Engel mal alle so enden?" Damit endete der anführende Oberdämon seinen Vortrag und die hundert anderen, gefürchteten Dämonen klatschten herzlich Beifall! Schon lange hatte ein Oberdämon nicht mehr einen so wichtigen Vortrag gehalten!

Kapitel 11 - Bekomme ich die „Majestätische Demenz"?

Selbstverständlich wurde ich seit meiner Rückkehr von dem schönen Planeten Bodan regelmäßig auf diese Krankheit untersucht. Die Untersuchungsmethoden hatten sich verfeinert, und man konnte diese Krankheit nun schon vielfältig diagnostizieren. Früher konnte man nur durch ein Gespräch und mit Hypnose diese „Majestätische Demenz" erkennen. Jetzt konnte man durch Messen der Gehirnströme und durch eine Blutprobe erkennen, ob jemand erkrankt war oder nicht erkrankt war. Jedes mal als ich untersucht wurde, war das Ergebnis negativ. Befürchtete ich doch zu Unrecht, daß ein Dämon von Rumpelstilzchen auf mich übergesprungen war. Auf gut Deutsch gesagt, war die Krankheit „Majestätische Demenz" nichts anderes, als eine Besessenheit von einem bösen Geist. Immer wenn ein Mensch davon geheilt wurde, erkrankte ein anderer Mensch daran. Der Dämon suchte sich immer ein neues, unschuldiges Opfer, das er beherrschen konnte. Während die Bulonesier das tapfer in Kauf nahmen, sperrten sich die Bodaner dagegen. Wir in Bulonesien sahen es als unsere Pflicht an, einen Dämon zu übernehmen, wenn er auf uns übergesprungen war. Die Bodaner töteten den Besessenen, wenn er auf einen anderen Bodaner übergesprungen war. Überlegen waren wir hiermit den Bodanern in dieser Angelegenheit. Allerdings waren uns die Bodaner in vielen, wichtigen, anderen Dingen weit voraus. Könnten wir davon profitieren, wenn wir Ärzte nach Bodan schicken würden, um dort die „Majestätische Demenz" zu behandeln? Im regen Austausch könnten uns die hilfsbereiten Bodaner an Ihrer weiterentwickelten Technik und Naturwissenschaft teilnehmen lassen.

Die Feen und Elfen auf dem Mond sahen in ihrer hellseherischen Weise voraus, daß die bösen Engel vor hatten nach Bodan zu reisen, um dort die Bodaner zu infizieren mit einer „Majestätischen Demenz"! Würde bei Ihnen die Blume ohne Namen auch helfen, um diese Krankheit zu behandeln? Man mußte als kranker Mensch den Tee aus den Blütenblättern dieser Blume trinken, und selber gebackene Plätzchen aus dem opiumhaltigen Öl der Samen der Blume ohne Namen essen. Konnte man damit wieder gesund werden. Wichtig waren dabei auch Therapien und Hypnose, wenn man erfolgreich behandeln wollte. Die Dämonen wollten in tausend Jahren der Vergangenheit ein kleines Raumschiff der Bodaner kapern, das damals schiffbrüchig auf der Erde notgelandet war, nach dem die tüchtigen Bodaner es selber repariert hatten. Wollten sie doch von der zwanzig köpfigen Crew im Geiste Besitz ergreifen. Die Elfen und Feen, die auf dem Mond lebten, wußten die genaue Zeit und den genauen Ort, wo das geschehen sollte. Nun suchte die Oberfee Helene den bulonesischen Senat auf, um den regierenden König und mich vor dieser großen Gefahr zu warnen. Konnte ich mit der Zeitmaschine diesen Angriff vereiteln? Aus diesem wichtigen Grunde, hatten mir die Bodaner ein Gerät mit gegeben, mit dem man in der Zeit reisen konnte. Beschloß ich doch mit den Leibwächtern des Königs Noah in die Vergangenheit zu reisen, um das Schlimmste zu verhindern! Die drei Leibwächter des Königs waren: „Peter, Heinz und Jürgen!" Schon seit Urzeiten waren diese drei Namen für einen Leibwächter des Königs vorgesehen. Es war ein alter Brauch, daß diese Leute so heißen mußten. Man hatte in Bulonesien einen Brauch, wenn Menschen etwas wichtiges erreicht hatten, dann mußten die Nachfolger den selben Namen tragen, wie diese. Konnten wir es schaffen, den Angriff der Dämonen auf Bodan zu vereiteln? Oder würden die bösartigen Dämonen nach Bodan reisen um ein schreckliches Unheil anzurichten? Wenn es ihnen gelänge, die Bodaner zu Besessenen zu machen, dann könnten diese Bodaner nach ihren Riten die Erde angreifen um sie zu vernichten! Was würde noch alles geschehen? Wenn ich und Jürgen, Heinz und Peter versagten, müßten wir mit dem schlimmsten rechnen. Wer könnte die Erde dann vor den Bodanern beschützen? Würden sich die Bodaner dafür an uns Menschen rächen? Könnte es sein, daß sie in diesem Fall die Erde vernichten würden? Immerhin verbat es ihre uralte Religion, daß ein böser Dämon auf einen anderen, unschuldigen Menschen überspringen dürfte. Die Reise in die Vergangenheit begann am Thronjubiläum von dem rechtschaffenen König Noah, dem 1. April. Bald war er seit dreißig Jahren auf dem Thron gewesen. Wollte er doch nach der Rückkehr, meiner Wenigkeit, seines Neffen aus dieser gefährlichen Zeitreise den Thron abgeben an mich! Plötzlich verschwanden wir vor den Augen des Senats und entstofflichten uns, um uns vor ungefähr tausend Jahren an einem fremden Ort wieder zu rematerialisieren. Die Reise in die Vergangenheit war ein voller Erfolg und wir mußten nur noch unsere Aufgabe erledigen.

Kapitel 12 - Die Zeitreise

König Noah und sein Reichskanzler Ferdinand verabschiedeten mich und meine kleine Mannschaft. Es waren die drei stärksten Leibwächter des Königs, Peter, Heinz und Jürgen. Wir machten uns auf auf eine weite Zeitreise, in die Vergangenheit von Bulonesien, ungefähr in die damalige Zeit kurz bevor der König Farikula, der Erste geboren wurde, damals war das winzige Bulonesische Reich noch nicht so groß entwickelt wie jetzt. Es gab fast 1 000 000 Einwohner in dem kleinen Königreich, und 152 regierende Könige hatte es schon gegeben seit Beginn des bulonesischen Reiches. Unter Farikula dem Ersten sollte sich die Einwohnerzahl von Bulonesien verzehnfachen. „Wir wünschen Euch eine gute Zeitreise!" sprach der reiche König Noah dem kleinen Team der Zeitreise zu: „Bitte kommt alle gesund und munter zurück und erfüllt Euren wichtigen Auftrag, denn Ihr wisst, was auf dem Spiel steht!" Aufgeregt bediente ich die vielen Knöpfe der Zeitmaschine und nahm sie dann auf meinen großen Buckel. Im Umkreis von zwei Meter verschwand jedes sichtbare Objekt, das um mich gestanden war. Tauchten wir doch wieder auf fast 1000 Jahre in der Vergangenheit. Peter, Heinz und Jürgen, meine Wenigkeit hatten uns gerade noch verabschieden können, dann waren wir entstofflicht und nahe eines Dorfes der Bulonesier, mit Namen

„Haifan" wieder aufgetaucht. In dem kleinen Dorf wohnten immerhin 100 Einwohner mit den Großeltern, Eltern und Kinder, oder Enkelkinder und deren Kinder. Alle waren miteinander verwandt. Wir vier Zeitreisenden waren erst erstaunt, daß die Zeitreise nach Haifan geglückt war. Was sollten wir jetzt tun?

„Bitte sagt uns, wo ist das Raumschiff mit den Außerirdischen gelandet!" sprach ich meine Landsleute an, dann kam ein kleines Mädchen auf uns zu und lächelte uns siegesgewiss an. Wie mochte es wohl heißen? Es stellte sich als ein hübsches Mädchen vor mit dem Namen Karin und wollte uns so gleich zu dem unheimlichen Raumschiff führen. „Wartet!" sprach ein Erwachsener uns zu: „Es ist zu gefährlich!" Dem entgegnete ich, daß wir Zeitreisende seien und eine wichtige Mission zu erfüllen hätten. Um das Bulonesische Reich zu beschützen vor den bösen Engeln. „Selbstverständlich ist das eine ganz andere Sache! Wenn das so ist, dann führen wir Euch gerne zu den Sternenreisenden. Kam es doch, wie es kommen mußte und man zeigte uns das einhundert Meter große, silbern glänzende Schiff, in Form einer großen Kugel. Das war ja immerhin ein kleines Schiff für damalige Verhältnisse. Trotzdem versteckten wir uns vorerst hinter einem riesigen Hügel um von den Bodanern nicht gesehen zu werden. Was sollten wir jetzt tun? Schaltete ich doch meinen kleinen, mitgebrachten Translator ein, den ich von den Bodanern bekommen hatte. Stellte ihn auf volle Lautstärke und lief auf das fremde Schiff zu. Was würde jetzt geschehen? Verstanden mich die ET's doch laut und deutlich. Würden sie mich und meine Mannschaft Willkommen heißen? Konnte es sein, daß wir rechtzeitig kamen, um die 20 köpfige Crew der Bodaner vor den Dämonen zu beschützen? „Wir haben wertvolle Medikamente dabei, um Euch vor den Dämonen zu beschützen. Kommen wir doch aus der Zukunft, und sind Freunde Eures Volkes! Unsere Medizin macht Euch immun gegenüber von Dämonen, die von Euch Besitz ergreifen könnten!" Was waren das für überwältigende Worte, die vom Bulonesischen ins Bodanische übersetzt wurden. Kamen die 20 Außerirdische doch alle zum Vorschein und wollten wissen, was das für Arznei wohl wäre. Erzählte ich ihnen von der Blume ohne Namen und deren heilender Wirkung bei Besessenheit. Der Tee aus deren Blütenblättern und die Plätzchen aus derem opiumhaltigen Öl heilte nicht nur die „Majestätische Demenz" , sondern beugte auch dieser Krankheit vor. Das war auch der Grund, warum die Dämonen vom Rumpelstilzchen nicht von mir Besitz ergreifen konnten, als sie auf mich übersprangen. War das nicht klever? Konnte das Medikament bei den Bodanern auch wirken? Dann wurden die Bodaner neugierig und baten um den heilenden Tee und die heilenden Plätzchen. Es dauerte nicht lange, dann würden die Dämonen kommen, um von der zwanzigköpfigen Crew versuchen Besitz zu ergreifen. Selbstverständlich bereiteten wir uns auf dieses Ereignis vor. Um das Schiff mit dem Namen „FRANKENSTEIN" bauten wir Transportfallen vor, in denen die bösen Engel, beim Erscheinen eingefangen wurden, um sie dann in einer Kernfusionsanlage zu kontraminieren. Dabei stellten wir ungefähr 50 solcher Fallen auf, die diese bösen Teufel einfangen konnten. Ringsum die FRANKENSTEIN befanden sie sich. Würde es gelingen? Die Bodaner hatten ihr Schiff wieder einsatzbereit, und spielten dann Lockvogel, indem sie das Schiff nicht mehr verlassen hatten. Kamen doch dreißig Dämonen, um von der Mannschaft Besitz zu ergreifen. Wollten sie doch mit der Mannschaft unter Ihrer Führung nach Bodan reisen, um bei dem Volk der Bodaner die Krankheit „Majestätische Demenz" zu verbreiten. Sie wollten alle Bodaner mit dieser Krankheit infizieren! Was sie nicht wußten, war das die Crew der FRANKENSTEIN mittlerweile, dank meiner Wenigkeit, und den Leibwächtern des Königs gegen diese Besessenheit immun waren. Außerdem landeten die Dämonen bei dem Versuch die FRANKENSTEIN zu stürmen, in den aufgestellten Transportfallen. Alle bösen Engel konnten in der Kernfusionsanlage dann kontraminiert werden. Womit das Raumschiff genügend Energie hatte zum Weiterflug oder Rückflug zum Planeten Bodan! Sie bedankten sich recht herzlich und wir verabschiedeten uns, mit folgenden Worten: „Bitte meidet die Erde, damit nicht die Dämonen von Euch Besitz ergreifen, wie von uns Menschen! Sagt es allen, wie gefährlich diese bösen Engel für uns Menschen sind!" Daraufhin bedankten sich die Bodaner, schloßen die Lucke des Sternenschiffes und flogen vor unseren Augen Richtung Himmel davon. Gerne wären wir mitgeflogen. Auch die Bodaner hätten uns gerne mitgenommen, aber wir wurden auf der Erde wichtiger gebraucht. Schließlich kehrten wir wieder zurück in unsere Zukunft, und hatten als Beweis nur ein paar Fotos mitgebracht, damit wollten wir die Menschen auf die Ankunft der BODANER vorbereitet werden. Würden sie uns helfen? Trotz der Gefahr, die von den bösen Engeln ausging?

Kapitel 13 - Landung der Außerirdischen

Gerne stillte Rumpelstilzchen ihr kleines Baby Miriam, in meiner Gegenwart. Das war also unser kleines Baby, das wir gemeinsam hatten. Wir saßen gerade zu Tisch im königlichen Schloßgarten. Es gab feinste und erlesenste Speisen. Meine außerirdische Braut ließ es sich schmecken. Besonders mundeten ihr die gegrillten Brathähnchen, die köstlichen Bratkartoffeln und das Sauerkraut, alles Essen was es in Bodan nicht gab. Sie schleckte sich beide Hände nach dem Brathähnchen ab und sagte kurz und bündig: „Auf dieses Kraut kann man gut popsen!" Das gehörte zu den Tischmanieren der Bodaner, dann rülpste sie ganz laut, daß alle Leute an der königlichen Tafel lauthals lachen mußten. Nun war sie endlich in Bulonesien, das hatte sie sich seit 9 Monaten Schwangerschaft so gewunschen. Auch ich war erfreut! Nun war meine eigene kleine Familie beisammen. Wer war nun das Oberhaupt? Wer hatte in dieser Ehe das sagen? In Bodan hatten die Frauen die Hosen an. Auf der Erde waren wir Männer der Boss.

Selbstverständlich einigten wir beide uns darauf, daß sie in Bodan und ich auf der Erde das letzte Wort hatten. Konnte das gut gehen. Nach dem Essen begaben wir uns ins Schlafgemach. Dort hielten wir ein kleines Mittagsschläfchen. Das königliche Bett war groß genug für uns drei. Bevor sie sich zu deckte, geschah es, daß sie ihr graues Fell leckte, wie es normalerweise Katzen taten. Kam ich aus dem Lachen nicht mehr heraus. Wie komisch das doch war. Sie fragte nur kurz, warum ich das so komisch finden würde? Aber ich konnte es ihr nicht erklären, bat sie nur, das nicht mehr in der Öffentlichkeit zu tun. Nickte sie darauf, wie es die Menschen taten. Wenigstens eines was wir gemeinsam hatten, das Nicken und Kopfschütteln!

Nun war meine Braut mit einem großen Raumschiff gekommen von dem Planeten Bodan, während ich von unserer gefährlichen, erfolgreichen Zeitreise zurück gekommen war mit den drei Leibwächtern unseres Königs. Versprochen war, daß ich dann regieren dürfte, allerdings vorerst mit meinem Onkel zusammen, bis ich eingearbeitet war. Berichtete doch das bulonesische Fernsehen über die Ereignisse. Erstens über die Landung der Bodaner, über die erfolgreiche Zeitreise und über meine Einarbeitung als König. Die oberste Pflicht des bulonesischen Königs war, den Menschen zu helfen, die von einem bösen Dämonen besessen waren. Es war bestimmt keine leichte Aufgabe. Aber so waren die Bulonesier nun einmal. Konnte es sein daß die Bodaner von uns lernen konnten, wie man Leute behandeln mußte, die Besessen waren? Die Bodaner hatten damals von mir eine Bibel geschenkt bekommen, die sie lesen sollten, als ich noch zu Gast in Bodan war. Das hatten sie alle sehr gerne getan, und später las meine Frau unserem Baby daraus einige Kapitel am Tag vor, vor allem was darüber über Besessene stand.

„Wenn ein böser Geist einen Menschen verläßt, dann geht er in die Wüste und sucht Ruhe, aber er findet keine. Dann sagt er sich ich will lieber in den Menschen fahren aus dem ich gekommen bin. Er kehrt zurück, findet sein früheres Heim leer, gefegt und sauber vor, dann nimmt der Dämon sieben weitere Dämonen, die schlimmer sind, als er selbst, und sie werden von diesem Menschen Besitz ergreifen, und sich bei ihm einnisten. Genauso aber wird es Euch ergehen!" das stand in der Bibel und war ein großes Rätsel. Darauf sagte ich, daß es meine Aufgabe sei als König, den Menschen zu helfen, daß sie nicht leer sind, wenn sie sich schmücken und kehren. Sonst würde der Dämon wieder zurück kehren und sieben weitere Dämonen mitnehmen, wenn ein Besessener leer ausgehen sollte. Rumpelstilzchen konnte mich nun verstehen, fragte kurz: „Wo sind die Dämonen hin, die mich geplagt hatten und auf Dich übergesprungen sind?" Erwähnte ich darauf: „Sie konnten sich nicht bei mir einnisten, weil ich Medizin dagegen eingenommen hatte!"

Darauf mußte meine Ehefrau laut lachen, bis sie nicht mehr aufhören konnte. Es dauerte gut eine viertel Stunde, dann sagte sie: „Toll weil es Dich gibt!" Sie war einfach eine einmalige Frau. Woher kannte sie so gut bulonesisch? Hatte sie es doch als schwangere Frau gelernt, bevor sie mit ihrem Baby, das sie im Beisein ihrer ganzen Familie geboren hatte, auf die Erde gereist war. Bei den Bodanern war es Brauch, das alle Familienmitglieder bei einer Geburt anwesend waren. Bei einer Beerdigung war es gerade andersrum, dort war Diskretion angesagt. Vor allem, wenn jemand sterben sollte! Wir konnten also viel voneinander lernen.

Berichtete das bulonesische Fernsehen live vom bulonesischem Schloß. Auch über das gelandete Beiboot der Bodaner, während das Mutterschiff um die Erde kreiste. Vernichten können, hätten die Bodaner uns mit ihren mitgebrachten Waffen! Aber sie taten es nicht. Was sollte nun geschehen? Um das hundert Meter große Beiboot auf dem Flughafen von Naibu standen viele Schaulustige und glotzten das kleine Beiboot an. Das Mutterschiff hatte eine Größe von 1000 Meter im Durchmesser und war wie alle gebauten Schiffe der Bodaner kugelrund. Konnte man mit bloßem Auge am Himmel das Mutterschiff im Orbit sehen, das den Namen „BLANKENSTEIN" trug! Es glänzte im Angesicht der Sonne, wie ein Diamant. Auf der Nachtseite war es wie ein kleiner Mond! Viele Bulonesier griffen zu ihren Teleskopen und betrachteten das Mutterschiff von der Erde aus. Im Fernsehen wurde auch über moderne Lebensweise der Bodaner berichtet und über ihren technischen, wissenschaftlichen Fortschritt! Sogar durfte ein Fernsehteam aus dem Mutterschiff berichten. Alle Fernsehsender der Erde und alle Radiosender berichteten rund um die Uhr darüber, war das nicht toll? Auch in den

Zeitungen und im Internet gab es kein anderes Thema. Natürlich kam auch ich zu Wort, erzählte von meiner Reise nach Bodan, was ich dort erlebt hatte und was die Bodaner uns bieten könnten, indem sie etwas von uns wollten! Sie wollten uns technisch und wissenschaftlich angleichen, wenn wir es ihnen erlaubten, den Mond und den Mars zu besiedeln, kurz gesagt Terraforming! Wir sollten als Erdenmenschen über dieses Angebot einer Angleichung nachdenken. Während Rumpelstilzchen mit mir und unserer Tochter Miriam durch die Welt reisten, um etwas zu sehen oder um ihr und ihrem Baby die Welt zu zeigen; stimmte die Menschheit darüber ab, ob der Vorschlag der Bodaner akzeptabel war oder nicht! Überall begegneten uns Leute, die meine kleine außerirdische Familie sehen wollten. Die Abstimmung verlief sensationell, den es stimmten 100% aller stimmberechtigten Menschen für die Angleichung! Nun würde der Mond und der Mars besiedelt werden!

Kapitel 14 - Bodanische Science-Fiction

Natürlich waren die Bodaner den Bulonesiern in dieser Sache weit voraus. In Punkto Technik konnten 10 000 Menschen auf Bodan studieren. Ein großes Schiff brachte die Erdlinge auf den Planeten Bodan. Die Fortschritte in der Technologie umfaßte nicht nur die überlichtschnelle Raumfahrt, die Kernfusion, Transmittertechnologie und Zeitmaschinen, künstliche Schwerelosigkeit und anderes. Im Bereich Gesundheit waren die Erkenntnisse der Bodaner nicht immer ganz übertragbar, weil Menschen und Botaner einen anderen Metabolismus hatten. Beliebt war auch die Hochschule für Wissenschaften. Die Psychologie der Bodaner glich der menschlichen Psychologie in großen Stücken, wich aber im Parapsychologischen etwas voneinander ab. Die Reaktionen auf böse Engel waren unterschiedlicher Natur. Beide Menschengruppen hatten extreme Veranlagungen zu parapsychologischen Gaben! Vor allem wenn sie eine Gabe war, die von Gott geschenkt wurde. Glaubten beide Völker an einen Gott und auch daran, daß er den Menschen Gaben geben kann. Dazu las ich meiner Tochter Miriam täglich aus der Bibel vor!
Wollte ich sie doch an beide Götter erziehen, sowohl dem irdischen Gott und dem bodainschem Gott! Eines Tages las ich Ihr aus dem ersten Korintherbrief Kapitel 12 etwas vor:

„Von den geistlichen Gaben aber will ich euch, liebe Brüder, nichts verheimlichen. Ihr wisset, daß ihr Heiden seid gewesen und hingegangen zu den stummen Götzen, wie ihr geführt wurdet. Darum tue ich euch kund, daß niemand Jesus verflucht, der durch den Geist Gottes redet ; und niemand kann Jesus seinen Herrn heißen außer durch den heiligen Geist! Es sind mancherlei Gaben ; aber es ist ein Geist. Und es sind mancherlei Ämter ; aber es ist ein Herr. Und es sind mancherlei Kräfte ; aber es ist ein Gott, der da wirket alles in allem. In einem jeglichen erzeigen sich die Gaben des Geistes zum allgemeinen Nutzen. Einem wird gegeben durch den Geist, zu reden von der Weisheit ; dem andern wird gegeben, zu reden von der Erkenntnis nach demselben Geist ; einem andern der Glaube in demselben Geist ; einem andern die Gabe, gesund zu machen in demselben Geist ; einem andern, Wunder zu tun ; einem andern Weissagung ; einem andern, Geister zu unterscheiden ; einem andern mancherlei Sprachen ; einem andern, die Sprachen auszulegen. Dies aber alles wirkt derselbe eine Geist und teilt einem jeglichen seines zu, nach dem er will. Denn gleichwie ein Leib ist, und hat doch viele Glieder, alle Glieder aber des Leibes, wiewohl ihrer viel sind, doch ein Leib sind : also auch Christus. Denn wir sind auch durch einen Geist alle zu einem Leibe getauft, wir seien Juden oder Griechen, Knechte oder Freie, und sind alle zu einem Geist getränkt. Denn auch der Leib ist nicht ein Glied, sondern viele. So aber der Fuß spräche : Ich bin keine Hand, darum bin ich des Leibes Glied nicht, sollte er um des willen nicht des

Leibes Glied sein ? Und so das Ohr spräche : Ich bin kein Auge, darum bin ich nicht des Leibes Glied, sollte es um des willen nicht des Leibes Glied sein ? Wenn der ganze Leib Auge wäre, wo bliebe das Gehör ? So er ganz Gehör wäre, wo bliebe der Geruch? Nun hat aber Gott die Glieder gesetzt, ein jegliches sonderlich am Leibe, wie er gewollt hat. So aber alle Glieder ein Glied wären, wo bliebe der Leib ? Nun aber sind der Glieder viele ; aber der Leib ist einer. Es kann das Auge nicht sagen zur Hand : Ich bedarf dein nicht ; oder wiederum das Haupt zu den Füßen : Ich bedarf euer nicht. Sondern vielmehr die Glieder des Leibes, die uns dünken die schwächsten zu sein, sind die nötigsten ; und die uns dünken am wenigsten ehrbar zu sein, denen legen wir am meisten Ehre an ; und die uns übel anstehen, die schmückt man am meisten. Denn die uns wohl anstehen, die bedürfen's nicht. Aber Gott hat den Leib also vermengt und dem dürftigen Glied am meisten Ehre gegeben, auf daß nicht eine Spaltung im Leibe sei, sondern die Glieder füreinander gleich sorgen. Und so ein Glied leidet, so leiden alle Glieder mit ; und so ein Glied wird herrlich gehalten, so freuen sich alle Glieder mit. Ihr seid aber der Leib Christi und Glieder, ein jeglicher nach seinem Teil. Und Gott hat gesetzt in der Gemeinde aufs erste die Apostel, aufs andre die Propheten, aufs dritte die Lehrer, darnach die Wundertäter, darnach die Gaben, gesund zu machen, Helfer, Regierer, mancherlei Sprachen. Sind sie alle Apostel ? Sind sie alle Propheten ? Sind sie alle Lehrer ? Sind sie alle Wundertäter ? Haben sie alle Gaben, gesund zu machen ? Reden sie alle mancherlei Sprachen ? Können sie alle auslegen ? Strebet aber nach den besten Gaben ! Und ich will euch noch einen köstlichern Weg zeigen."

Meine Tochter hörte mir einfach gut zu und fragte, wie das gemeint ist mit einem Leib?

Darauf antwortete ich Ihr: „Weißt Du die Bodaner und Bulonesier sind doch Freunde, und viele Menschen studieren jetzt auf Bodan, damit wir Menschen den gleichen Bildungsstand bekommen! Ebenso kommen jede Menge Bodaner auf die Erde, weil sie Kunst, Musik und Schauspielkunst interessiert! Das sind Dinge, die den Bodanern fremd waren. Von Kunst hielten sie bisher nicht viel, sondern von Gegenständen, die man brauchen konnte für etwas. Für das Malen von Bildern hatten Bodaner bisher kein Interesse. Auch kannten sie bisher keine Musik und Musikinstrumente, dafür lernten sie wichtige Dinge auswendig, wie ganze Bücher oder Gedichte, und Geschichten. Die Schauspielerei kannten sie auch nicht, sondern hatten sie mehr Interesse am Dokumentationen. Spielfilme wie auf der Erde gab es bei Ihnen bis zum Kontakt mit den Menschen nicht. Hiermit ergänzten sich beide Völker hervorragend, und konnten zu einem Leib werden. Was konnten beide Völker voneinander alles lernen? Obwohl sie sehr verschieden waren, hielten sie fest an der Abmachung, daß Bodaner mit den Menschen zusammen den irdischen Mond und den Planeten Mars besiedeln dürften? Als Gegenleistung bekämen die Menschen den Bodanischen Fortschritt! War das nicht toll?"

Kapitel 15 - Miriam wird erwachsen

Kam nun das Jahr 2081, das man auf der Erde schrieb. Das Terraforming der Bodaner auf dem erdnahen Mond und auf dem Nachbarplaneten Mars war kurz vor dem Abschluß und der Mond und der Mars hatten eine dichte und atembare Atmosphäre, daß dort Bodaner und Menschen leben konnten. Viele Bodaner lebten mittlerweile bei den Menschen auf der Erde und umgekehrt gab es viele Erdenmenschen auf dem fernen Planeten Bodan. Meistens reisten die irdischen Menschen mit Raumschiffen nach Bodan. Es gab auch ein Sternentor von der Erde zu Bodan, weitere Sternentore zum nahen Mond und selbstverständlich auch zum wiederbesiedelten Mars.

Miriam war ungefähr 10 Jahre alt, dann erschien ihr beim Spielen der liebe und wahrhaftige Gott, der ihr eine Erleuchtung gab. Erwähnte er doch eine Stelle aus der Bibel:

„So ermahne ich euch nun, daß man vor allen Dingen zuerst tue Bitte, Gebet, Fürbitte und Danksagung für alle Menschen, für die Könige und alle Obrigkeit, auf daß ihr ein ruhiges und stilles Leben führen mögt in aller Gottseligkeit und Ehrbarkeit. Denn solches ist gut und angenehm vor Gott, unserm Heiland, welcher will, daß allen Menschen geholfen werde und sie zur Erkenntnis der Wahrheit kommen. Denn es ist ein Gott und ein Mittler zwischen Gott und den Menschen, nämlich der Mensch Christus

Jesus, der sich selbst gegeben hat für alle zur Erlösung, daß solches zu seiner Zeit gepredigt würde!"

Miriam war von dem hellen Licht Gottes sehr erschrocken und hatte etwas Angst. Das sprach Gott: „Fürchte Dich nicht, denn ich bin bei Dir!" Sie wunderte sich über den schönen Klang, der singenden und musizierenden Engel, den sie jetzt hörte, Schließlich fragte das außerirdische Kind laut und deutlich: „Bitte sage mir was meinst Du mit ein Gott und einen Mittler?"

„Bestimmt gibt es viele Menschen im gesamten, großen Universum. Verschiedener Kultur und unterschiedlichem Aussehen, existieren sie neben einander. Einige von ihnen reisen zu den Sternen, andere wiederum nicht, wieder andere zerstören ihren Planeten auf dem sie leben, auch gibt es welche die interstellare Kriege führen! Aber trotzdem bin ich von allen Menschenarten der Schöpfer und ihr Gott! Denn es gibt nur einen Gott, das bin ich und einen Mittler, meinen geliebten Sohn, Jesus Christus, der auf allen Planeten geboren werden muß, um dort für die Sünden der Menschen zu sterben!"

„Bitte sage mir, was willst Du von mir, kleinem Kind?" wollte sie neugierig wissen von diesem Gott, dann trat ein Engel dazu und sprach ihr zu: „Es gab schon immer gute und böse Mächte im Universum. Bekämpften doch wir gottgefälligen und guten Engel die bösen, satanischen Engel. Meistens blieben wir unsichtbar, um die Leute zu testen, ob sie einen wahren Glauben an den allmächtigen Gott hatten. Immer wenn es einen interstellaren

Krieg gegeben hatte, würden wir sichtbar werden, darum haben wir uns so wenig sehen lassen bei den Menschen bisher!"

„In zehn Jahren, im Jahr 2091, werden böse Außerirdische die Menschen und Bodaner angreifen, um Euch Ihre falsche Religion aufzuzwingen, bis dahin müßt ihr Menschen und Bodaner Euch darauf vorbereiten, denn ich bin nicht nur ein Gott der irdischen sondern auch der bodanischen Menschen, egal ob es jetzt Katzenmenschen oder Affenmenschen sind. Bitte teile das Deinem Vater mit, der jetzt nach dem König Noah regiert. Er soll sich auf den bevorstehenden Angriff der Busaner vorbereiten, die mit den bösartigen Dämonen im Bunde sind!"

Plötzlich verschwand die göttliche Erscheinung in einem einzigen Augenblick, so schnell, wie sie gekommen war. Was sollte Miriam jetzt tun? Sie schrie laut nach mir, ihrem Vater, und mußte ganz arg weinen. Als ich sie weinen sah, gingen mir auch die Augen über und ich nahm meine heißgeliebte Tochter in die Arme. Sie fühlte sich in meinen Armen wohl! Schließlich kam es, daß sie mir erzählte, was Gott prophezeit hatte. Nun bekam ich große Angst, konnte mich nur schwer wieder beruhigen. „Fürchte Dich nicht, denn ich bin bei Euch!" sprach eine wohlklingende Stimme vom Himmel. Nun wußte ich, daß die Prophezeiung wahr war.

Sofort reiste ich auf den Mond zu den Elfen und Feen, nahm meine Tochter mit und redete dort mit den Elfen und Feen über den bevorstehenden interstellaren Krieg und setzte mich gleichzeitig mit dem Obhutsmann der Bodaner in Verbindung.

Was konnten wir gemeinsam tun? Was konnten wir gegen die mächtigen Busaner tun?

„Weiß bereits bescheid," antwortete der Obhutsmann über einen überlichtschnellen Funkspruch, der nur wenige Sekunden dauerte, bis er auf dem Mond ankam: „Werde so schnell wie möglich auf die Erde kommen, denn wir wurden auch von einer göttlichen Erscheinung über den bevorstehenden Krieg informiert!" Nun führte ich mit dem Obhutsmann ein ausführliches Gespräch in Gegenwart der Feen und das dauerte immerhin mehrere Stunden. Am nächsten Tag war der regierende Obhutsmann als erstes Staatsoberhaupt der Bodaner auf der Erde! Es stand mittlerweile in jeder irdischen Zeitung und kam in jedem irdischen Fernsehsender, daß ein Krieg bevorstand mit den Busanern. Wer waren die Busaner eigentlich? Berichteten auch die Medien von Bodan darüber?

Nun schilderte der Obhutsmann eindringlich wer die Busaner waren: „Die Busaner sind ein kriegerisches Volk und beten die Dämonen an. Das heißt, daß uns nicht nur die Busaner angreifen werden, sondern auch die irdischen und bodanischen Dämonen! So wissen wir über die Busaner nur sehr wenig. Bestehen sie doch aus einem Volk von zehn Milliarden Menschen und siedeln mittlerweile auf zehn Planeten in und um ihr Sternensystem. Über ihre grausame Rituale wissen sie nur, daß sie Menschenopfer begehen. Sie verbrennen ihre geopferten Menschen auf dem Scheiterhaufen, oder ersäufen sie in einem Moor, ertränken sie im Wasser oder töten ihre Menschenopfer auf andere brutale

Weise! Auch zwingen sie anderen Sternenvölkern ihre Religion auf, bisher nur bei Sternenvölkern, die keine Raumfahrt betreiben. Jetzt aber wollen sie die Bodaner und ihre verbündeten Freunde angreifen."

Nun kamen auch die Feen zu Wort und bestätigten die Aussagen des weitgereisten Obhutsmannes. Was sollten wir nun tun? Die ganze Zeit redete ein anderer und gab seine Worte dazu! Sofort nach einer kleinen Pause der Verhandlungen kam meine 10 jährige Tochter zu Wort: „Gott hat mir gesagt, daß wir uns auf einen Krieg mit den Busanern vorbereiten müßen! Er wird uns noch mitteilen wie die bösen und guten Engel, die bisher unsichtbar waren, wieder plötzlich sichtbar werden und gesehen werden, wenn sie agieren werden." Beschloßen die Menschen und die Bodaner, auch die Elfen und Feen einen Abwehrplan gegen die Busaner auf zu stellen! Aber was konnten diese drei Verbündeten tun?

Kapitel 16 - Wer sind die Dämonen?

Rebellierende Engel, werden auch Dämonen genannt. Oft auch Satan und Teufel genannt. Leisten sie doch Widerstand gegen Gott und seine Gebote. Mit denen sie nicht einverstanden sind, und sie verleumden Gott und seine Gebote. Ihr Wirken auf der Erde begann beim ersten Sündenfall im schönen Garten Eden. Als die große Sinflut kam, hatten sie Sex mit den Menschenfrauen. Nach der Sinflut kehrten sie wieder in den unsichtbaren Bereich zurück und wollten wieder in den Himmel. Verbannte sie statt dessen der liebe Gott in den Tartarus. Sie haben sich ihrem Herrscher unterstellt, dem Teufel. Dieser nimmt immer wieder die Gestalt eines Engels des Lichtes an. Unter einer himmlischen Regierung werden die Planeten wieder ein schönes Paradies werden. Gibt es dann 1000 Jahre keine Kriege mehr im Universum. Danach werden die Dämonen eine kleine Zeit wieder aktiv werden.

Engel sind treue Diener Gottes, im Gegensatz zu den Dämonen. Jedoch ein Dämon ist ein Geistwesen, oder eine Schicksalsmacht. Sie üben einen negativen Einfluß auf alle Menschen aus. Ernähren sich die Dämonen von unseren bösen Gedanken, Worten, Taten und Gefühlen! Haben sie doch eine menschliche Gestalt, manchmal vermischt mit der eines wilden Tieres. Sind sie doch ein Mittelwesen zwischen Gott und den Menschen. So gibt es Spukdämonen, Naturdämonen, Krankheitsdämonen und Wahnsinnsdämonen, Totengeister und Schutzdämonen. Auf jedem Planeten mit einer Atmosphäre, der Unterwelt und im Wasser leben diese. Es gibt im Universum viele Religionen, die Dämonen verehren, wie Götter. Jeder Polytheismus verehrt die Dämonen, denn es gibt nur einen wahrhaftigen Gott, aber nicht viele Götter. Manche Dämonen begleiten einen Menschen von der Geburt bis in den Tod, um diese armen Menschen immer übel zu beeinflussen. Auch bei den Elfen und Feen gibt es böse Dämonen. Sie sind der Gegenspieler

Gottes. Deklarieren sie das Böse als Gut! Ergreifen sie doch Besitz von den Menschen, und kontrollieren ihn und sein Handeln. Manchmal gehen Menschen eine mediale Verbindung mit den Dämonen ein. Vor allem können sie die Emotionen von Lebewesen beeinflußen. Sie können sich auch durch Blitz und Donner bemerkbar machen. Mit Ehrerbietung kann man das Wohlwollen eines solchen Dämonen gewinnen, aber verliert man dabei seine Seele an den Teufel. Während der liebe Gott und seine zahlreichen Engel uns viele Menschen beschützt, trachten uns die schrecklichen Dämonen nach dem Leben. Oft sind diese Dämonen im Hardes oder dem Totenreich. Gibt es auch welche, die sich in dem Diesseits befinden. Verdammte Seelen von Verstorbenen können zu dämonischen Kreaturen werden. Verkürzen sie das Leben der Menschen, und können sie beim Sterben im Moment des Todes in das Totenreich ziehen! Totengeister können in einen Menschen schlüpfen und bei diesem irrationales Verhalten bewirken. Führen die bösen Dämonen eine schreckliche Verfolgung der gläubigen Christen herbei, und hetzen andere, naive Menschen gegen die Christen auf, indem diese Christen dann eingesperrt werden und unmenschlich und grausam gequält werden. Früher konnten Dämonen Kinder zeugen mit den Menschenfrauen, die so groß waren, daß sie bei der Geburt starben. Auch sind die Dämonen gefallene Engel, die früher bei Gott lebten. Bewirken sie doch bei Menschen körperliche, seelische und geistige Krankheiten. Schaden und Schrecken können sie bei den Menschen bewirken.

Auch spielen sie gerne die Menschen gegeneinander aus, um daraus Profit zu gewinnen. Welche Namen haben die Dämonen gerne? Sie bekommen Ihren Namen erst, wenn sie sterben; im Gegensatz zu uns Menschen, die ihren Namen bei der Geburt bekommen!

- Akephales
- Asmodäus
- Aynaet
- Asasel
- Baal
- Beelzebub
- Incubus
- Lilith
- Medusa
- Sphinx
- Vanth
- Legion
- Teufel
- Diabolo
- Belial

Das sind nur einige Namen, die es gibt unter vielen andern, die hier gar nicht alle erwähnt werden könnten. Schwierig wird es dann, wenn man mit einem Dämonen spricht, denn man kann ihn nicht beim Namen nennen, wenn man ihn ruft. Oft fühlen sich dann alle Dämonen angesprochen, die am selben Ort zur selben Zeit sind. Sie streiten sich immer, wer gemeint ist, wenn man mit ihnen redet. Sie wollen immer gefürchtet werden von Menschen, die sie beeinflußen wollen, um von ihnen Besitz zu ergreifen. Wie könnte es anderst sein, haben sie eine Hackordnung in ihrer Gesellschaft. Am wenigsten haben Dämonen zu sagen, die nicht so böse sind! Auf einer grundsätzlichen Befehlsverweigerung eines gegebenen Befehles eines höhergestellten Dämonen, hat ein niedergestellter Dämon die Todesstrafe zu erwarten, durch Selbstmord oder auch Suizid genannt! Das Sagen in der Gruppe hat immer der grausamste und verlogenste Dämon!

Kapitel 17 - Welche Schwachpunkte haben die Busaner?

Erspähten die Elfen und Feen auf dem Mond, welche Schwachpunkte die Busaner hatten, mit ihren paranormalen Fähigkeiten. Sie konnten schließlich die Gedanken der Busaner lesen und ihre Gefühle. Auch ich war wieder auf dem Mond, und tauschte mich über die Abhörung der Busaner aus mit den Elfen und Feen. Es ergaben sich folgende Schwächen der Busaner:

- Busaner hatten eine große Furcht vor Bienen, denn das Bienengift aller Bienen im Universum war für einen Busaner absolut tödlich. Der Körper eines Busaners konnte dieses Bienengift nicht vertragen.

- Niemals im Leben lehnte ein Busaner eine Herausforderung ab. Wenn man ihm zum Zweikampf aufforderte, akzeptierte er diesen unwiderruflich. Es handelte sich hierbei um die Ehre der Busaner, die nicht auf das Spiel gesetzt werden durfte.

- Natürlich haßten alle Busaner Brettspiele. Sie spielten darum kein Schach, kein Malefiz, keine Mühle oder Dame.

- Außerdem haßten die Busaner die Bibel, weil für sie mit dem Tod alles vorbei war. Konnten sie mit Gebet und Glauben nichts anfangen. Dachten sie ans Sterben und konnten sie einmal krank sein und eine schlimmere Krankheit haben, die nicht heilbar war, dann kam es oft vor, daß sie sich das Leben nahmen.

- Für sie gab es nur ein kollektiv, ihrer Rasse, das nicht verletzt werden durfte. Schließlich konnten sie auch im kollektiv denken, wenn sie es wollten. Sie waren in der Lage die Gedanken Ihrer Artgenossen zu lesen, und konnten sich alle Erinnerungen ihrer Artgenossen abrufen! Auf diese Weise konnten alle Busaner alles Wissen Ihres Volkes abrufen. Seltsamerweise gab es auch einige Busaner, die das mit anderen Lebewesen auch konnten. Aber die Erinnerungen eines Gottes war für einen Busaner Tabu, denn kein einziger Busaner glaubte an einen Gott oder Schöpfer. Für sie war alles durch Zufall entstanden.

- Schon von klein auf litten die Busaner an der Krankheit „Majestätischer Demenz" und hielten es für eine Erleuchtung. Für sie war es eine Ehrensache, daß man sich an anderen Lebewesen rächte, wenn sie sich an einem Busaner vergingen. Für jeden Toten Busaner töteten sie zehn Andere, wenn sie einen ihres Volkes getötet hatten. Selbstverständlich suchte ein Busaner immer um Gründe, um seine Aggressionen los zu werden.

- Auch die Krankheit „Aggressive Demenz" war unter den Busanern weit verbreitet. Oft kamen beide Krankheiten auch zusammen vor. Sie konnten oft nicht mehr ertragen, daß sie sterben mußten, weil für sie alles aus war mit dem Tod.

- Die Busaner verfügten auch über paranormale Fähigkeiten, konnten jedoch nicht im Unterbewußtsein darüber verfügen, sondern konnten sie nur im vollen Bewußtsein ausüben.

Diesen Vortrag der Elfen und Feen auf dem irdischen Mond fand ich sehr interessant und toll. Was konnte man damit anfangen? Wir versuchten auf jedem Raumschiff Bienen zu halten, um damit die Bienen auf busanische Raumschiffe zu transmittieren? Wir versuchten uns darauf vorzubereiten, wie man die Busaner nützlich herausfordern konnte. Zum Beispiel auf eine Partie Schach oder Malefiz oder ein anderes Brettspiel, damit der

Sieger die Herrschaft über einen anderen Planeten bekommen würde. Wir wollten den Busanern eine Unterweisung aus der Bibel geben, dort stand geschrieben Auge um Auge, Zahn um Zahn! Auf diese Weise wollten wir auf Ihr Verhalten und Ihre Denkweise Einfluß nehmen. Wir wollten heimlich die Krankheit „Majetätische Demenz" behandeln, um ihre Erleuchtung in andere Bahnen zu lenken. Hofften wir doch sie dadurch psychisch zu verwirren, daß sie damit aufhören würden, uns ihre Religion der Dämonen aufzuzwingen. Auch behandelten wir ihre Krankheit „Aggressive Demenz" um ihre Aggressivität zu unterdrücken. Wir wollten auch das Kollektiv der Busaner verändern, daß sie nicht mehr den Wunsch hatten uns Ihren Glauben aufzuzwingen. Wäre es doch nützlich, einige von den Busanern einzufangen, um sie zum Glauben an einen einzigen und Allmächtigen Gott zu bewegen, um diese Gedankengut in das Kollektiv der Busaner einzuschleusen. Würde uns Menschen und uns Bodaner, uns Elfen und Feen das gelingen? Die Angiffswelle der Busaner würde im Anfang des Jahres 2091 beginnen. Konnten wir uns gegen dieses hochintelligente Volk wehren? Würden wir es schaffen Ihr Kollektiv zu verändern? Konnte es sein, daß wir in das Kollektiv der Busaner eindringen konnten und ihre Religion, ihren Glauben zu verändern? Konnten wir die Busaner auf deutsch gesagt umpolen? Damit sie zu unseren Verbündeten werden würden. Wir sammelten Leute mit nützlichen Geistesgaben, um sie bei der Raumpatrolie einzusetzen. Bauten wir auch viele schwer bewaffnete

Raumschiffe und Raumstationen um uns gegen die Busaner wehren zu können! Wir wollten den Krieg mit den Busanern nicht verlieren! Könnte es sein, daß wir die Busaner besiegen würden? Bestimmt war es keine leichte Aufgabe, daß man die mächtigen Busaner besiegen konnte. Wir kontrollierten unsere Sternensysteme schon seit einer langen Zeit sehr genau, um eventuell einreisende Raumschiffe der Busaner fest zu stellen. Auch der Funkverkehr in und um unsere Sternensysteme wurde kontrolliert, um fest zu stellen, ob Busaner einreisen wollten. Auf mentale Weise wurde auch untersucht um festzustellen, ob Busaner einreisen wollten. Konnten wir erkennen, ob sie Dämonen auf unseren Welten aktivieren würden? Schließlich konnten diese Dämonen großes Unheil anrichten, aber während eines interstellaren Krieges konnten sie nicht mehr unsichtbar agieren und handeln, weil es Gott so wollte. Darum wurden alle guten und bösen Engel in diesem Fall sichtbar!

Kapitel 18 - Was stand alles in der Bibel?

Jeden Abend traf ich mich mit meiner Tochter Miriam, um mit Ihr gemeinsam zu beten für den interstellaren Frieden. Oft war auch noch meine geliebte Frau dabei, das Rumpelstilzchen. Was würde nun alles geschehen? Wie würden sich die schrecklichen Busaner bemerkbar machen? Was für üblen Streiche würden die Dämonen aushecken? Konnten wir wichtige Einrichtungen wie Kernfusionskraftwerke vor den Angreifern schützen? Die Abhöranlagen arbeiteten dort auf vollen Touren, um mögliche Eindringlinge sofort zu erkennen. Mehr konnte man im gegenwärtigen Augenblick nicht tun? Man mußte sich auf solche Übergriffe gefasst machen. Was würde passieren, wenn man in die Plasmakammer einer Kernfusionsanlage das hochradioaktive Element Plutonium oder Uran einfügen würde? Könnte es dann zu einem Kernbrand führen, der einen ganzen Planeten in die Luft jagen konnte. Wir irdischen Menschen und die verbündeten Bodaner, sowie die Elfen und Feen hatten große Angst vor solchen schrecklichen Übergriffen der Busaner. Könnte es passieren, daß die Busaner eine der bodanischen Zeitmaschinen stehlen würden und damit großes und ein wirres Unheil anrichten konnten in der Zeitgeschichte des bestehenden Universums? Was würde passieren, wenn die Fremden ein Zeitparadoxon auslösen würden? Könnten sie uns mit den

Dämonen gefährlich werden? Wäre es möglich, daß sie Ihre medialen Gaben gebrauchen würden, um die bösen Engel gegen uns aufzuhetzen? Der einzige Trost war, daß wir aufpassten, um schlimmeres Unheil zu verhindern. Würden uns die guten Engel dabei helfen, den Krieg zu gewinnen? Bestimmt würden einige, größere oder kleinerer Raumstationen von uns durch die Busaner vernichtet werden. Ebenso würden viele unserer schwer bewaffneten Raumschiffe der Vernichtung preisgegeben. Vielleicht würden einige bewohnte Welten und einige besiedelten Planeten zerstört werden. Würden auch viele Menschen oder Bodaner den Tod finden? Was konnten wir tun um uns zu wehren? Den paranormalen Augen der Elfen und Feen entging nichts! Sie konnten dadurch vorhersehen, wo und wann der Feind angreifen würde! Bestimmt wurden diese Erkenntnisse an eine zentrale Schaltstelle weitergeleitet! Das war die geheime Einsatzzentrale in der Mondstadt, wo die Elfen und Feen wohnten. Sie hatten von dort, die früher schwachen Menschen schon immer beschützt, vor den Angriffen extraterrischer Lebensformen, als die damaligen Menschen gegen solche gefährlichen Angriffe noch wehrlos waren! Bestimmt waren es bald zwanzig Jahre her, seitdem sich die Bodaner als Verbündete zu den damals noch unterentwickelten Menschen anboten, und hoben sie um einige Jahrtausende der wissenschaftlichen und technischen Entwicklung an!

Befand ich mich oft mit meiner Tochter in der Höhle der großen Pilze, in der einst Prinz Oliver gebetet hatte, als es beinahe einen

Krieg zwischen der Menschheit und den Elfen beziehungsweise Feen gegeben hätte. Oliver wurde dann der König der Bulonesier und war mein Großvater, der später durch meinen Vater Peter Stuhl vertreten wurde, als Prinzregent. Peter Stuhl war ein gefährlicher Terrorist, der mit meiner geliebten Mutter, der Prinzessin Nora ein Kind gezeugt hatte, das ich dann war. Weil mein Onkel kinderlos gewesen war, zeugungsunfähig, durch meinen Vater, der ihn vergiftet hatte, um Ihn mit diesem Gift unfruchtbar zu machen! Wollte der frühere Terrorist doch erreichen, daß sein Kind, das nun ich war, einmal der zukünftige König von Bulonesien werden würde. Genauso war es dann gekommen, daß ich nach dem König Noah das Königreich Bulonesien regieren würde und den Bulonesischen Staatenbund, das bulonesische Reich aller Nationen! Natürlich hatten wir einen Raumanzug an, um uns vor der gefährlichen radioaktiven Strahlung in der Höhle der großen Pilze zu schützen! Bestimmt würde sich meine Tochter mal auf den Thron von Bulonesien setzen wollen. Darum mußte sie im Glauben wachsen, und ich mußte sie in der Bibel unterweisen:

„Jesus aber sprach zu ihnen : Sehet ihr nicht das alles? Wahrlich, ich sage euch: Es wird hier nicht ein Stein auf dem anderen bleiben, der nicht zerbrochen werde. Und als er auf dem Ölberge saß, traten zu ihm seine Jünger besonders und sprachen: Sage uns, wann wird das alles geschehen?Und welches wird das Zeichen sein deiner Zukunft und des Endes der Welt? Jesus aber antwortete und sprach zu ihnen: Sehet zu, daß euch nicht jemand verführe. Denn es werden viele kommen unter meinem Namen, und sagen: »Ich bin Christus« und werden viele verführen. Ihr werdet hören Kriege und Geschrei von Kriegen ; sehet zu und erschreckt euch nicht. Das muß zum ersten alles geschehen ; aber es ist noch nicht das Ende da. Denn es wird sich empören ein Volk wider das andere und ein Königreich gegen das andere, und werden sein Pestilenz und teure Zeit und Erdbeben hin und wieder. Da wird sich aller erst die Not anheben. Als dann werden sie euch überantworten in Trübsal und werden euch töten. Und ihr müßt gehaßt werden um meines Namens willen von allen Völkern. Dann werden sich viele ärgern und werden untereinander verraten und werden sich untereinander hassen. Und es werden sich viel falsche Propheten erheben und werden viele verführen. Und dieweil die Ungerechtigkeit wird überhandnehmen, wird die Liebe in vielen erkalten. Wer aber beharret bis ans Ende, der wird selig. Und es wird gepredigt werden das Evangelium vom Reich in der ganzen Welt zu einem Zeugnis über alle Völker, und dann wird das Ende kommen. Wenn ihr nun sehen werdet den Greuel der Verwüstung (davon gesagt ist durch den Propheten Daniel), daß er steht an der heiligen Stätte (wer das liest, der merke darauf !), als dann fliehe auf die Berge, wer im jüdischen Lande ist ;und wer auf dem Dach ist, der steige nicht hernieder, etwas aus seinem Hause zu holen; und wer auf dem Felde ist, der kehre nicht um, seine Kleider zu holen. Weh aber den Schwangeren und Säugerinnen zu der Zeit ! Bittet aber, daß eure Flucht nicht geschehe im Winter oder am

Sabbat. Denn es wird alsbald eine große Trübsal sein, wie nicht gewesen ist von Anfang der Welt bisher und wie auch nicht werden wird. Und wo diese Tage nicht verkürzt würden, so würde kein Mensch selig; aber um der Auserwählten willen werden die Tage verkürzt. So als dann jemand zu euch wird sagen: Siehe, hier ist Christus! Oder : da! So sollt ihr's nicht glauben. Denn es werden falsche Christi und falsche Propheten aufstehen und große Zeichen und Wunder tun, daß verführt werden in dem Irrtum (wo es möglich wäre) auch die Auserwählten. Siehe, ich habe es euch zuvor gesagt. Darum, wenn sie zu euch sagen werden: Siehe, er ist in der Wüste! So geht nicht hinaus, – siehe, er ist in der Kammer! So glaubt nicht. Denn gleichwie ein Blitz ausgeht vom Aufgang und scheint bis zum Niedergang, also wird auch sein die Zukunft des Menschensohnes. Wo aber ein Aas ist, da sammeln sich die Adler. Bald aber nach der Trübsal derselben Zeit werden Sonne und Mond den Schein verlieren, und Sterne werden vom Himmel fallen, und die Kräfte der Himmel werden sich bewegen. Und als dann wird erscheinen das Zeichen des Menschensohnes am Himmel. Und als dann werden heulen alle Geschlechter auf Erden und werden sehen kommen des Menschen Sohn in den Wolken des Himmels mit großer Kraft und Herrlichkeit. Und er wird senden seine Engel mit hellen Posaunen, und sie werden sammeln seine Auserwählten von den vier Winden, von einem Ende des Himmels zu dem anderen."
Nachdem ich diese Bibelstelle gelesen hatte fragte mich meine Tochter, was sie bedeutete? Die mußte ich nun deuten!

Kapitel 19 - Der Elfenkönig

Während ich meiner Tochter die Bibelstelle über die Endzeit deuten mußte, in der der Krieg zwischen den Mächten des Lichtes und den Mächten der Finsternis geschildert wurde; kam der Elfenkönig nach über 50 Jahren Verlassenheit auf dem Mond in der Mondstadt an. Er war fast 50 Jahre ein Gefangener der Busaner. Er wurde frei gelassen um den Menschen und den Elfen und Feen, auch den Bodanern den Krieg zu erklären, von Seiten der Busaner aus.

Bestand der Elfenkönig doch aus 5 Personen: Erl war der Name seiner ersten Person, deren Gestalt ungefähr 1,80 Meter hoch war, von weißer Hautfarbe war, ein jugendliches Gesicht hatte, dessen Haarfarbe war braun und das Haar war bis hinter die Ohren gekämmt.

Laurin hieß die zweite Person, die auch so groß war , rothaarig war, und schulterlanges Haar hatte , auch von weißer Hautfarbe und sehr muskulös war.

Alberich war der Dritte in der Reihe, und knapp 1,69 Meter klein war, eine Glatze hatte, und im Gesicht einen Vollbart hatte, und auch ein Mischling war zwischen Schwarz und Weiß.

Erlkönig hieß die vierte Person, die eine Rothaut war, mit langem schwarzen Haar und bärenstarken Kräften, schlank von Gestalt und auch noch ziemlich jung, wie die anderen auch.

Zum Schluß gab es einen Oberon, der ganz schwarz war und sehr muskulös war. Immerhin war er fast zwei Meter groß und hatte dunkle Lippen.

Der Elfenkönig konnte jeder dieser fünf Gestalten annehmen und damit sein Aussehen damit wandeln, so wie er es immer wollte.

Der Elfenkönig schlief viel, weil er krank war. Dr. Tilo Hirsch stellte zwei Krankheiten fest: „Majestätische Demenz" und „Aggressive Demenz"! Angesteckt wurde er von den Busanern, um damit als Agent der Busanern zu funktionieren.

Bei der „Majestätischen Demenz" mißhandelte der Infizierte seine Untergebenen. Diese schwere Krankheit war sehr ansteckend. Konnte man sie doch behandeln, indem man den Tee trank und die Plätzchen aß, die aus der Blume ohne Namen hergestellt wurden. Aus den getrockneten Blütenblättern der Blume ohne Namen, konnte man einen wohlschmeckenden Tee trinken. Die opiumölhaltigen Samen, der Blume ohne Namen, dienten zur Herstellung von Plätzchen. Der Tee und die Plätzchen waren bei der „Majestätischen Demenz" sehr heilsam. Die „Majestätische Demenz" war nichts anderes als eine Besessenheit von einem Dämonen. Bei einer Heilung mußte sich der Dämon ein neues Opfer suchen. So kam es, daß den Elfenkönig viele Dämonen verließen durch die Behandlung von der Medizin und von einer Hypnosetherapie! Konnte man diese vielen Dämonen einfangen mit einer Transportfalle und in einer Kernfusionsanlage kontra minieren?

Die „Aggressive Demenz" führte zu einer aggressiven Verhaltensweise zu anderen Lebewesen, kam daher, weil er Elfenkönig seinen eigenen Tod nicht verarbeiten konnte. So mußte der Elfenkönig lernen an ein Leben nach dem Tod zu glauben. Das war für ihn nicht so einfach, weil er ja schon als unsterblich galt, denn er war ja auch eine Elfe oder eine Fee. Auch half es ihm seine Sinne zu stimmulieren, um von der „Aggressiven Demenz" gesund zu werden. Bekam er dazu noch Beruhigungsmittel um gesund zu werden, daß er auch viel schlief. Schnell hatte Dr. Tilo Hirsch unter Hypnose erkannt, daß der Elfenkönig von den Busanern als Agent mißbraucht werden konnte. Darum beschloß ich als rechtmäßiger Nachkomme von König Noah, den Spieß um zu drehen. Konnten wir einige Busaner einfangen und gegen die beiden Lieblingskrankheiten der Busaner, die „Majestätische Demenz" und die „Aggressive Demenz" vorgehen. Es war nicht besonders schwer, aber wir konnten immerhin 50 Busaner einfangen, die diese Krankheit hatten. Dann begann die Behandlung der kranken Busaner. Vor der Behandlung verehrten sie die bösen Engel. Nutzten sie als Medium und konnten von der Dämonenbeschwörung nicht mehr los kommen. Sie waren süchtig nach dem Dämonenkult und beteten diese bösen Engel an, was diesen teuflischen Wesen viel Kraft und Energie gab. Nach der Behandlung war es gerade unmgekehrt, außerdem konnte man die manifestierten Dämonen von den Busanern entfernen, und sie mit den Transportfallen einfangen und in einer Kernfusionsanlage kontra minieren.

Auch die „Aggressive Demenz" konnte erfolgreich behandelt werden. Die meisten Menschen waren dagegen geimpft, auch viele Elfen und Feen waren geimpft. Zur Zeit erprobte man den Impfstoff bei den Bodanern.

Wie konnte man nun die behandelten Busaner nun zurück bringen in Ihr Volk und sie als Agenten einsetzen, unter Hypnose, für die Interessen der Verbündeten, Bodaner, Menschen und Elfen bzw. Feen? Konnte man auch über die umprogrammierten Busaner erreichen, daß die Busaner ihr Interesse am Okkultismus verlieren würden? Zu diesem Zweck, war es notwendig, viele Busaner einzufangen und um zu programmieren! Weg von der Dämonenverehrung und weg vom Okkultismus, das war der Plan von uns Verbündeten. Wir machten uns jeden Tag gefaßt von einem Angriff der Busaner, denn der stand uns kurz bevor. Wo würden sie zuerst angreifen? Es gab drei Hauptziele, die es anzugreifen galt: Erstens die Erde! Zweitens der Mond, drittens Bodan und ihre Welten. Wie konnten wir ihre Angriffsziele vorhersehen? Alle Elfen und Feen spähten mit Ihren telepathischen und hellseherischen Gaben nach Angriffen der Busaner aus. Gab es auch viele Menschen und Bodaner mit solchen Fähigkeiten. Wir waren auf Angriffe gefasst und waren immer zur rechten Stelle, wenn die Busaner angreifen sollten! Auch ich hatte viel zu tun, als neuer König von Bulonesien, denn Noah wollte seine Ruhe haben, weil er langsam alt wurde. Er überließ die Regierung des Bulonesischen Reiches aller Nationen meiner Wenigkeit. Auch war ich der

Oberbefehlshaber der irdischen Weltraumstreitkräfte und ein wichtiger Verbündeter der Bodaner, Elfen und Feen!

Kapitel 20 - Eine Audienz

Als gegenwärtiger und derzeitiger König von Bulonesien lud ich den tapferen, starken Fürsten der Elfen auf eine königliche Audienz in meinem großen Schloß in Naibu ein, der Hauptstadt des bulonesischen Reiches. Lebhaft erzählte er seine Erlebnisse bei den Busanern. Dort war er fast 50 Jahre als ein Gefangener gehalten worden. Bis er dann gehen durfte. Mit dem großen Raumschiff, mit dem er schließlich gekommen war, durfte er wieder nach Hause reisen. Ängstlich erzählte er von den schrecklichen Menschenopfern, die sie anderen und unschuldigen Menschen antaten um ihre bösen Dämonen damit zu verehren. Sie hielten diese Dämonen ja für Ihre Götter, und sie beteten sie auch an, bei diesen satanischen Ritualen. Hatten sie doch verschiedene Arten, wie sie die Menschen töteten. Entweder als wohlriechendes Brandopfer oder als ein mumifiziertes Opfer in einem Moor, als ein gekreuzigtes und arg leidendes Opfer an einem Marderpfahl, oder von einem hohen Felsen herabgestoßen zu werden, das waren nur einige der gefährlichen und absolut tödlichen Tötungsrituale der schrecklichen Busaner. Selbstverständlich war er live dabei und wäre auch um ein Haar ein Menschenopfer geworden.

Am Tag nach dem Besuch des Elfenkönigs auf der Erde, hatte die noch junge Miriam, die mütterliche Rumpelstilzchen, und meine königliche Wenigkeit ein und den selben Traum. Waren wir doch zu Gast bei den gefährlichen Busanern, um wichtige Friedensverhandlungen voranzutreiben. Wir wollten dem Krieg entgegenwirken. In diesem lebendigen Traum wurden wir gefangen genommen. Anschließend band man uns an einem Marderpfahl fest und schlichtete vor uns einen Scheiterhaufen auf, den man dann anzündete. Worauf wir dann verbrennen sollten. Richtig heiß wurde es und der Qualm des Holzes brachte uns zum Husten. Es wurde ganz langsam immer wärmer, bis es uns wehtun sollte. Am Körper befanden sich bald überall schmerzende Brandblasen. Unsere Klamotten standen voll in Flamen und unsere Haare verschmorten bei der starken Hitze. Laut schrien wir vor Schmerzen, und unser Puls raste so schnell er nur konnte. Der Blutdruck war so hoch, daß uns schwindelte. Verloren wir doch dann ganz langsam das Bewußtsein und wachten dann aus diesem unheimlichen Traum auf. Von uns war nur noch ein Häufchen Asche übrig geblieben. Was würde dieser Traum bedeuten? War es ein Wahrtraum aus der näheren Zukunft? Konnte man diesen Traum verhindern? Oder würde er eintreten? Als ich erwachte sprach eine himmlische Stimme mir zu, daß ich mich nicht davor fürchten sollte, denn der lebendige Gott würde uns aus der friedlichen Asche wieder neu erschaffen. Dann fingen wir wieder an zu träumen: Wenn wir dann wieder getötet wurden, indem wir an ein Kreuz geschlagen wurden, bis wir dort verschmachtet waren, würde Gott uns wieder zum Leben erwecken. Falls wir dann von einem hohen Felsen geschmissen wurden, bis wir zerschmettert waren, würde er uns wieder heilen. Und so oft uns die Busaner töten sollten, würden wir immer zum Leben erwachen. Solange bis die Busaner erkennen würden, daß es nur einen liebenden und allmächtigen Gott gibt, und daß man keine Dämonen verehren sollte!

Würde dieser Traum Wahrheit werden oder nicht? Immerhin starteten die Busaner erste Angriffe an das Bündnis der Bodaner, der Menschen und Elfen. Wie wollte dieses Bündnis wohl heißen? Hatte man schon lange nach einem Namen dafür gesucht! Weil sie alle den selben Gott verehrten, wollten sie ihr Bündnis folgenden Namen geben: „Jehovas-Packt!" Dieser Jehovas-Packt mußte einen Plan aufstellen, der nach dem Willen Gottes war! Einige Tage nach den Träumen erschien mir Gott höchstpersönlich und erläuterte mir, was wir zu tun hätten. Schließlich tat ich alles was Jehova von uns wollte, denn das war einer der vielen Namen Gottes, der ganz auf unserer Seite war. Es waren sogar einige Engel zu sehen im Bulonesischen Fernsehen! War das nicht toll? Jetzt konnte niemand mehr sagen, daß es keinen Gott und keine Engel gab, und auch keine Dämonen. Auch diese erschienen den Menschen und quälten sie, wo sie es nur konnten. Man konnte sogar sehen, daß die bösen und guten Engel miteinander kämpften, wo sie nur konnten. Und Gott selber erschien auch einmal im bulonesischen Fernsehen!

Sagte er doch wie gefährlich die Busaner sind, indem sie die Dämonen verehren.

Kapitel 21 - Menschenopfer

Bei religiösen oder anderen kulturellen Festen töteten die Busaner andere Menschen. Weil ihre Gesellschaft glaubte den Forderungen eines Gottes oder einer magischen Kraft entsprechen zu müssen, um ihr eigenes Wohlergehen oder ihren Fortbestand sichern zu müssen. Rituelle Tötungen und Ritualmorde sollten einen Normalzustand wieder herstellen. Menschenopfer kamen auf der Erde schon in der Steinzeit vor, bei den Busanern aber noch immer. Oft sollten sie einer Gottheit oder eines Dämonen zur Nahrung dienen. Oder sie sollten den Zorn dieser Geistwesen vermindern. Eine aufgetretene Notlage sollte abgewehrt werden durch ein Menschenopfer. Dadurch sollten die Busaner den Segen eines Gottes bekommen. Kam es doch vor, daß sie Kannibalismus betrieben, um die Zuwendung von bösen Geistern zu bekommen. Die geopferten Menschen sollten einen Kultplatz weihen oder heiligen um ihn vor bösen Mächten zu schützen. Gab es Dürren, oder Erdbeben, Überschwemmungen, und Vulkanausbrüche, etc. sah man darin den Zorn der Götter. Die Opferung von menschlichen Lebewesen sollte den Zorn dieser übernatürlichen Kreaturen beschwichtigen. Bestattete man einen mächtigen Herrscher bei den Busanern, dann mußten Leute aus dem Kreis seiner Bediensteten geopfert werden, um ihrem verstorbenen Herrscher dort zu dienen. Obwohl die Busaner nicht an ein Weiterleben nach dem Tod glauben würden. Für sie gab es nur ein kollektiv aller Busaner nach dem Tode, indem die verstorbene Seele eines Busaners weiter existieren würde. Manche Opfer dienten den Priestern des busanischen Kultes als Medium ins Jenseits für Weissagungen. Gewannen die mächtigen Busaner eine Schlacht gegen andere Völker, opferten sie ihrem Stammesgott oder Kriegsgott diese, oft auf grausame Weise. Sie sollten den Busanern helfen um traumatische Ereignisse zu verarbeiten. Geopfert wurden gerne Sklaven, nervenkranke Menschen, niedergestellte Persönlichkeiten, oder Verbrecher oder Diebe. Wenn nun jemand einen Mord begangen , oder jemanden gestohlen hatte, sollte der Tod als Rache an dem üblen Täter den geschädigten Angehörigen auf deutsch gesagt unendliches Vergnügen bereiten. Die gläubigen Menschen auf der Erde lehnten mittlerweile Menschenopfer ab. Statt den schrecklichen Menschenopfern war der heilige Sohn Gottes gestorben für die üblen Sünden der gesamten, großen Menschheit. Genauso war es auch bei den Bodanern. Der Tod des Sohnes Gottes machte alle Menschen- und Tieropfer überflüßig. Für uns Menschen auf der Erde sind Menschenopfer kriminelle Handlungen. Wie wurden in früheren Zeiten die schuldbehafteten Menschen getötet? Die Phantasie konnte das gar nicht alles beschreiben, wie man einen Menschen töten könnte. So sperrte man früher andere Kinder in Käfige und brachte sie zum Weinen, unter Folter, bis sie verhungern würden. Immer wenn Menschen in Ungnade fielen, wurden sie Opfer für rituelle Tötungen. Der unausweichliche Tod war dann als eine schlimme Strafe gedacht. Oft spielte dabei eine gewisse Hierarchie eine wichtige Rolle. Wollte man über den Tod eines schuldigen Menschen eine gewisse soziale Kontrolle erreichen. Die masgeblichen Initatoren eines gewaltsames Menschenopfers waren oft wichtige Menschen mit einem hohen politischen Status in der Gesellschaft. Das konnten bei den blutrünstigen Busanern höhergestellte Priester, regierende Häuptlinge oder mächtige Könige sein. Ein Menschenopfer sollte die Macht eines herrschenden Busaners demonstrieren. Es war eine Parallele zu sehen, wie es bei den sensationsgierigen Busanern Menschenopfer gab, und in früherer Zeit auf der Erde die durchgeführte Todesstrafe. Oft war bei den Busanern das Menschenopfer eine Sensation wie auf der Erde eine Zirkusdarstellung. Es war sogar üblich, daß die Busaner dafür Eintrittsgeld verlangen würden, weil sie so rachsüchtig waren. Das Motto der Busaner hieß: „Strenge Rechnung – Gute Freundschaft!" Ja es war sowas wie ein Art Volkssport auf solche Tötungsrituale zu gehen. Was der gewaltigen Sensationsgier der Busaner gleich kam, war der Kampf in der Arena. Zwischen Sklaven und Gefangenen wurden schreckliche Kämpfe veranstaltet, wie damals auf der Erde im alten Rom. Oft gab es auch Kämpfe mit wilden Tieren in einem großen Stadion.

Sie mußten immer für einen tödlich ausgehen. Warum waren die Busaner in ihrer Vergangenheit von damals stehen geblieben?

Kapitel 22 - Der große Krieg

Nun begann das, was in der Heiligen Schrift stand: „Und es erschien ein großes Zeichen im Himmel : ein Weib, mit der Sonne bekleidet, und der Mond unter ihren Füßen und auf ihrem Haupt eine Krone mit zwölf goldenen Sternen. Und sie war schwanger und schrie in Kindesnöten und hatte große Qual zur Geburt. Und es erschien ein anderes Zeichen im Himmel, und siehe, ein großer, roter Drache, der hatte sieben Häupter und zehn Hörner und auf seinen Häuptern sieben Kronen ; und sein Schwanz zog den dritten Teil der Sterne des Himmels hinweg und warf sie auf die Erde. Und der Drache trat vor das Weib, die gebären sollte, auf daß, wenn sie geboren hätte, er ihr Kind fräße. Und sie gebar einen Sohn, ein Knäblein, der alle Heiden sollte weiden mit eisernem Stabe. Und ihr Kind ward entrückt zu Gott und seinem Stuhl. Und das Weib entfloh in die Wüste, wo sie einen Ort hat, bereitet von Gott, daß sie daselbst ernährt würde tausend zweihundertundsechzig Tage. Und es erhob sich ein Streit im Himmel : Michael und seine Engel stritten mit dem Drachen ; und der Drache stritt und seine Engel, und siegten nicht, auch ward ihre Stätte nicht mehr gefunden im Himmel. Und es ward ausgeworfen der große Drache, die alte Schlange, die da heißt der Teufel und Satanas, der die ganze Welt verführt, und ward geworfen auf die Erde, und seine Engel wurden auch dahin geworfen. Und ich hörte eine große Stimme, die sprach im Himmel : Nun ist das Heil und die Kraft und das Reich unseres Gottes geworden und die Macht seines Christus, weil der Verkläger unserer Brüder verworfen ist, der sie verklagte Tag und Nacht vor Gott. Und sie haben ihn überwunden durch des Lammes Blut und durch das Wort ihres Zeugnisses und haben ihr Leben nicht geliebt bis an den Tod. Darum freuet euch, ihr Himmel und die darin wohnen ! Weh denen, die auf Erden wohnen und auf dem Meer ! Denn der Teufel kommt zu euch hinab und hat einen großen Zorn und weiß, daß er wenig Zeit hat. Und da der Drache sah, daß er verworfen war auf die Erde, verfolgte er das Weib, die das Knäblein geboren hatte. Und es wurden dem Weibe zwei Flügel gegeben wie eines Adlers, daß sie in die Wüste flöge an ihren Ort, da sie ernährt würde eine Zeit und zwei Zeiten und eine halbe Zeit vor dem Angesicht der Schlange. Und die Schlange schoß nach dem Weibe aus ihrem Munde ein Wasser wie einen Strom, daß er sie ersäufte. Aber die Erde half dem Weibe und tat ihren Mund auf und verschlang den Strom, den der Drache aus seinem Munde schoß. Und der Drache ward zornig über das Weib und ging hin zu streiten mit den übrigen von ihrem Samen, die da Gottes Gebote halten und haben das Zeugnis Jesu Christi."

Als nun der Teufel mit seinen bösen Engeln auf die Erde geworfen wurde, begann der Angriff der Busaner auf das Bündnis der Bodaner, Menschen und Elfen oder Feen! Während die bösen Engel auf der Erde ziemliches Unheil anrichteten, zerstörten die Busaner etliche Raumstationen am Ende der irdischen Sonnensystems und rückten mit zehn Kampfsternen auf die Erde vor, die sie einnehmen wollten. Ein einzelner Kampfstern hatte die Größe von ungefähr einem Kilometer und besaß hunderte kleinere Kampfdrohnen, die einen Pulk von irdischen Raumschiffen angreifen und zerstören konnten. Wir auf der Erde waren schon gespannt, wie die große Schlacht ausgehen würde. Während der Kampf um die Erde voll entbrannte, befand ich mich in einem unterirdischen Bunker. Dort war ich vor allen Angriffen sicher. Gespannt beobachtete ich wie dutzende irdische Raumschiffe im zerstörerischen Angriff der Busaner draufgingen. Auch wir hatten viele große Erfolge zu verzeichnen im selben Augenblick. Vernichteten wir doch drei der busanischen Kampfsterne und machten zwei von ihnen manövrierunfähig. Im Umkreis von zehn Lichtsekunden befanden sich plötzlich viele Trümmerteile und havarierte Raumfahrer in ihren Raumanzügen. Mit einer Engelsgeduld sammelten wir die feindlichen Raumfahrer ein, denn in der Heiligen Schrift stand: „Ihr habt gehört, daß gesagt ist : »Du sollst deinen Nächsten lieben und deinen Feind hassen.« Ich aber sage euch : Liebet eure Feinde ; segnet, die euch fluchen ; tut wohl denen, die euch hassen ; bittet für die, die euch beleidigen und verfolgen, auf daß ihr Kinder seid eures Vater im Himmel ; denn er läßt seine Sonne aufgehen über die Bösen und über die Guten und läßt regnen über Gerechte und Ungerechte. Denn so ihr liebet, die euch lieben, was werdet ihr für Lohn haben ? Tun nicht dasselbe auch die Zöllner ? Und so ihr euch nur zu euren Brüdern freundlich tut, was tut ihr Sonderliches ? Tun nicht die Zöllner auch also ?" Natürlich hatten wir bei der Aktion die gestrandeten Raumfahrer im Weltraum zu retten, auch Hintergedanken, denn wir brauchten einige freiwillige Opfer, um die Busaner gegen ihre Krankheit „Majestätische Demenz" und „Aggressive Demenz" zu behandeln. Wir wollten damit in das busanische Kollektiv eindringen, denn die Busaner konnten nicht nur individuell denken, sondern auch im kollektiv. Würde es uns auf diese Weise gelingen die Busaner von der Sinnlosigkeit ihres Krieges gegen den Jehovaspackt zu überzeugen?

Natürlich richteten die schrecklichen Dämonen bei diesem gefährlichen Krieg auch ihren großen Schaden auf der Erde an. Allerdings konnten sie nicht unsichtbar sein, bei diesem Krieg. Überwältigte man sie doch bei dem Versuch ein Kernfusionskraftwerk auf der Erde zu zerstören. Wollte der Teufel doch einen Kernbrand auslösen, um die Erde und allen Lebewesen, die darauf wohnten, in die Luft zu jagen. Während die meisten dieser Dämonen mit Transportfallen eingefangen werden konnten, und sie in einem Kraftwerk kontraminiert wurden, konnten ein großer Teil sich in einem Labyrinth verstecken. Wo würden sie als nächstes angreifen? Wollten sie die schöne Heimat Erde für immer und ewig zerstören? Zerstörten sie damit nicht auch ihren Lebensraum? Irgendwie weckte in ihnen die Tat Gewissensbisse, denn was sollten sie ohne die Menschen und die Erde tun? Wären sie dann nicht mehr ohne eine wichtige Aufgabe? Würden sie dabei selber ihren Tod finden?

Kapitel 23 - Die Opferung

Während die Heimatwelt der Bodaner fast gar nicht angegriffen wurde, erlebten wir im irdischen Sonnensystem den größten Sternenkrieg aller Zeiten. Befanden sich doch tatsächlich 1000 große Kampfsterne der Busaner im Solsystem. Dazu noch 100000 kleinere Sternenzerstörer, die uns Menschen überfallen werden. Kein irdisches Raumschiff der menschlichen Flotte war in der Lage einer solchen Übermacht entgegen zu stehen. Wir Menschen hatten große Angst. Was würde passieren, wenn die feindlichen Außerirdischen die Kunstsonne hinter dem Mond zerstören würden, würde dann das künstliche Mondklima negativ beeinflußt werden? Könnte es dort zu gefährlichen Wirbelstürmen kommen? Wenn die Nachtseite des Mondes abkühlen würde, hätte es große Temperaturunterschiede zur Tagseite. Was würde geschehen wenn die Fesselfelder vernichtet wurden, die die dünne Mondatmosphäre festgehalten hatte? Hatte man im Laufe von zwei Jahrzehnten eine kleine Lufthülle um den irdischen Mond hergestellt. Das und noch viele andere schlimme Ängste gingen mir durch den Kopf. Dieser rießige Einmarsch der Busaner im menschlichen Sonnensystem war das bittere Ende für die Menschheit. Was würde jetzt geschehen? Bis die Bodaner hier wären um uns zu helfen, war es bereits zu spät. In meiner tiefen Verzweiflung begab ich mich in die Höhle der großen Pilze um zu beten. Laut und deutlich betete ich dort zu meinem Gott, dem Gott aller Menschen, Bodaner und Elfen und Feen. Ganz allein war ich dort und überließ meinem fähigen Generalstab die Verteidigung des Solsystems. So glaubte ich, daß nur Gebet helfen würde in dieser schweren Schicksalsstunde. Darum sprach ich zu meinem Gott: „Lieber himmlischer Vater, bitte hilf uns, wenn uns die Busaner angreifen und uns alles wegnehmen. Sie wollen uns vernichten, darum sind wir ohne Deine Hilfe aufgeschmissen. Bitte rette uns in der Stunde unserer großen Not aus den Händen der Dämonen. Wir sind ohne Dich verloren. Bitte hilf Du unser Heiland und Gott. Wohl dem, der nicht wandelt im Rat der Gottlosen noch tritt auf den Weg Sünder noch sitzt, da die Spötter sitzen, sondern hat Lust zum Gesetz des Herrn und redet von seinem Gesetz Tag und Nacht ! Der ist wie ein Baum, gepflanzt an den Wasserbächen, der seine Frucht bringt zu seiner Zeit, und seine Blätter verwelken nicht ; und was er macht, das gerät wohl. Aber so sind die Gottlosen nicht, sondern wie Spreu, die der Wind verstreut. Darum bleiben die Gottlosen nicht im Gericht noch die Sünder in der Gemeinde der Gerechten. Denn der Herr kennt den Weg der Gerechten ; aber der Gottlosen Weg vergeht." Und so betete ich stundenlang, ganz alleine in der unterirdischen Höhle auf dem Mond. Es waren alle Psalmen die ich auswendig betete, dann nach einigen langen Stunden, war ich fertig. Die ganze Zeit hatte ich mich niedergekniet und war nicht eine einzige Sekunde aufgestanden. Die Füße taten mir schon weh. Wartete ich doch auf eine Antwort Gottes, über einen Ratschlag des Höchsten. Was würde nun wohl geschehen?

„Dein Gebet hat mir gut gefallen", kam eine unsichtbare Stimme in der Höhle zum Vorschein: „Gerne würde ich Dir helfen, wenn Du es wirklich willst?" Vor lauter Glück mußte ich vollauf Lachen. Dann sagte ich der unheimlichen Stimme: „Bitte zeig Dich mir!" Worauf mir plötzlich der allmächtige Gott in der Gestalt eines großen Kopfes erschienen war: „So wahr ich ein Gott bin, werde ich Euch helfen. Bitte tue alles, was ich von Dir will! Fliege mit einem Raumschiff auf den Heimatplaneten der Busaner und warte dort auf meine wichtigen Anweisungen, dann kann ich Euch helfen! Schnell und beeil Dich bitte!" Im selben Moment, da Gott zu mir gesprochen hatte, befand ich mich in einem bulonesischen Raumschiff und startete mit Höchstgeschwindigkeit nach Busan, der früher streng bewachten Heimatwelt der Busaner. Während des großen Sturmes auf der Erde war diese nur leicht bewacht von diesem feindlichen Volk. Als ich nun die gegnerischen Linien durchdrang, flog ich mit siebenfacher Lichtgeschwindigkeit auf den Planeten Busan zu. Dort erwartete mich der liebe Gott. Er sprach zu mir: „Du bist ganz allein mit Deinem Raumschiff gekommen, Du wirst auch wieder genauso zurück kehren. Bitte transmittiere Dich in den

Tempel der Busaner und biete Dich den Busanern als Brandopfer an, dann wirst Du Deine Welt retten! Bitte vertraue mir." Was hatte Gott mit mit vor? Konnte er mir das zumuten? Warum sollte ich ein Menschenopfer für die Busaner werden? War er jetzt total verrückt geworden? Wollte er mich etwa umbringen? Wie könnte ich dann wieder zurück kehren, wenn ich ein Häufchen Asche geworden bin? Aber ich widersprach Gott nicht und transmittierte in den großen Tempel der Busaner. Er hatte tausend große Säulen von einer Höhe von hundert Metern. Darüber war eine gewölbte Decke. Der Tempel war immerhin kreisrund, und in der Mitte war ein Brandopferaltar, dann kam es, daß einige geschäftige Busaner dort einen Berg heimischen Holzes aufschlichteten. Heute sollte ein Mensch geopfert werden. Aber wer das Opfer war, das wußte bis jetzt niemand, solange als ich dann plötzlich in der großen Tempelhalle transmittierte. Auf einmal kam ein hoher Priester auf mich zu und erkannte, daß ich das Brandopfer war. Was hatte Gott mit mir vor? Man nahm mich gefangen und band meine Hände auf dem Rücken. Mein kleines Herz pochte schnell, der Puls raste und meine gewölbte Stirn wurde naß vom vielen Schweiß, wie meine Hühnerbrust und der gekrümmte Rücken. Die Stricke waren sehr eng gebunden und schnürrten mich sehr stark ein, daß sie ganz leicht bluteten. Sollte ich nun hier sterben? Wie würde mein Tod die Menschen retten?

Kapitel 24 - Der Scheiterhaufen

Nun war ich ein Gefangener der Busaner, die mich ihrem Gott zu ehren auf dem Scheiterhaufen verbrennen wollten. Sie klärten mich über meinen bevorstehenden und qualvollen Tod auf. Verbrennungen können entstehen durch Hitze. Berührt man heiße Gegenstände, kommt man mit heißen Flüßigkeiten in Berührung, oder Gasen, Dämpfen, Flamen, Explosionen, oder ist man starker Sonnenstrahlung ausgesetzt, kommt man mit elektrischen Strom in Berührung, oder mit Reibung; dann spricht man von Verbrennungen. Es gibt sogar bei Erfrierungen folgenschwere Verbrennungen, die man Kälteverbrennung nennt. Wenn eine Verbrennung ein bestimmtes Ausmaß überschreitet, dann endet sie tödlich für den Menschen. Es kann zu Kreislaufschocks kommen, entzündlichen Allgemeinreaktionen, Organversagen. Das bezeichnet man als Verbrennungskrankheit! Es gibt vier verschiedene Verbrennungsgrade. Der kleinste ist eine Rötung und Schwellung der Haut, der zweite bildet schmerzhafte Blasen, die rot-weiß sind, wobei oft Narben zurück bleiben. Der dritte Grad bildet schwarz-weiße Blasen, mit geringen Schmerzen, weil die Nervenendungen zerstört sind. Im vierten Grad ist die Haut, das Gewebe und die Knochen verkohlt, und die Verbrennungskrankheit ist irreversibel. Wenn man bei der Verbrennung heiße Luft einatmet, dann entsteht ein

Inhalationstrauma. Verbrennungen haben Wirkungen auf den Gesamtorganismus. Hoher Blutdruck und Puls bis zum Schlaganfall. Herz und Kreislaufversagen, akutes Lungenversagen, Nieren- und Leberversagen. Es besteht die Gefahr eines Kompartiementssyndrom.

Als ich mir ihre Schilderungen auf Bulonesisch anhören mußte, band man mich an einer Eisenstange fest, über einem Scheiterhaufen auf Holz, der auf einem Brandopferaltar aufgeschlichtet worden ist. Über meine Wangen liefen Bäche von Tränen! Konnte ich doch nicht mehr aufhören zu weinen. Es kam ein böser Busaner und schlug mir mit einer großen Peitsche ins blanke Gesicht, über meine dicken Backen war eine blutende Narbe entstanden, Dann beschimpfte er mich mit wüsten Worten, die ich nicht verstand. Laut schrie ich zum allmächtigen Gott, daß er mir beistehen würde. Gegen meinen Willen gab man mir irgendwelche Drogen. Sie flößten mir einen widerlichen Saft ein mit einem goldenen Becher, dann schlief ich ein. Nach Stunden erwachte ich und sah, wie man das Holz anzündete. Es roch nach verbrannten Menschenfleisch und ich hatte große Schmerzen. Mir wurde übel und ich sah alles nur noch verschwommen. Im Hintergrund klangen die Trommeln und viele Busaner sangen ein Lied, tanzten dazu im Rhythmus, Sie schüttelten ihre Hände, Füße und den Kopf bei diesem Tanz. Was würde jetzt mit mir geschehen? Würde ich nun sterben? Es gab nur noch einige Minuten, die ich leben durfte, dann mußte ich gehen. Meine Verbrennungen schmerzten sehr und bald würden meine Adern durch die schwere Hitze platzen.

„Vater im Himmel!" schrie ich ganz laut aus Leibeskräften: „Erlöse mich und hilf meinem Volk!" Dann verschied ich! Als ich dann gestorben war gelangte meine Seele in den Himmel, dann verbrannte mein Leib zur Asche! Die Busaner hatten nun ihr Vergnügen gehabt. Für sie war das Schauspiel nun am Ende. Was würde jetzt geschehen?

Etwas traurig stand ich nun vor dem Thron Gottes, dann fragte mich Gott: „ Warum weinst Du Jürgen-Klaus?" Schließlich schnäuzte ich mich in ein Taschentuch, dann sah ich, daß ich ein schneeweißes Gewand an hatte. Gott fragte mich erneut, warum ich weinte. Dann sah er mir genau und tief in meine Augen. Und wischte mir alle meine Tränen ab. Als er mich zum dritten Mal fragte, konnte ich ihm antworten: „Weil ich gestorben bin, man hat mich qualvoll auf einem Scheiterhaufen verbrannt. Kannst Du mir helfen, daß ich wieder zurück kommen kann auf den Planeten Busan!" Dann las ich aus der heiligen Schrift vor, da stand: „Wir Christen werden nie aufgeben!" Jetzt mußte Gott voll und laut lachen. Schließlich freute er sich über meine Worte, und lud mich an eine himmlische Tafel ein, wo das beste Essen auf uns wartete, außerdem redeten wir über den interstellaren Krieg, den wir führen mußten, über die feindlichen tausenden Kampfsterne über der Erde. Wir redeten über die aussichtslose Situation und die bevorstehende Niederlage der Menschen in diesem Krieg. Zum Schluß kam es daß Gott mich überraschte mit einem riesigen Wunder. Noch ehe drei Tage im Himmel vorüber waren mit einer sehr schönen Zeit, gelangte ich wieder in den Tempel der Busaner. Gott hatte meinen zur Asche verbrannten Körper wieder erschaffen. Nun stand ich da mit meinem früher Leib aus Blut und Fleisch. Jeder der mich sah konnte erkennen, daß ich es war! Die bösen Busaner erschraken zu Tode, daß ich wieder da war, hatten sie doch meine Asche in eine Urne gepackt. Wie war das möglich? Dann redete ich in Busanisch: „Gott hat mich wieder erschaffen. Er will Eure Menschenopfer nicht und Euren Krieg gegen seine Kinder auch nicht! Kehrt um, sonst werdet ihr alle sterben." Erschrocken und verängstigt fielen einige Busaner auf den Boden und schrieen um Hilfe. Was würde jetzt geschehen? Die Tempelwachen schoßen mit Laserpistolen auf mich, aber die konnten mir nichts anhaben, denn ich war von einem göttlichen Kraftfeld geschützt. Später versuchten sie es noch mit einem Sprengkörper mich zu töten, aber das half auch nichts. Statt daß ich getroffen wurde, stürzte eine große Säule des Tempels ein. Plötzlich kam es daß eine riesige Menge von Busanern im Tempel verweilte, dann vielen sie nieder und beteten mich an, denn sie hielten mich für einen Dämonen. Aber ich sagte es ihnen nicht gleich, daß ich Keiner war! Sollten sie mich vorerst nur für einen Dämonen halten. Das war mir viel lieber!

Kapitel 25 - Die Heilung

Die irdischen Ärzte konnten mittlerweile die Krankheiten „Majestätische Demenz" und die „Aggressive Demenz" der Busaner heilen. Die „Majestätische Demenz" der Busaner war nichts anderes als eine Besessenheit von einem Dämonen, genauso wie bei einem Menschen oder einem Bodaner. Selbstverständlich gaben sich die Busaner der Besessenheit hin und stellten zu den Dämonen eine mediale Verbindung her. Auf diese Weise entwickelten sie eine Form des Besessenheit. Sie hatten alle ihre Seele an den Teufel verloren! Wie konnte man ihnen helfen? Natürlich mit der Blume ohne Namen. So gab es auch auf dem übervölkerten Planeten Busan auch eine Abart der Blume ohne Namen. Man könnte damit mit hundertprozentiger Sicherheit auch die Busaner gegen ihre Besessenheit behandeln. Auch die irdische Blume ohne Namen half den armen Busanern bei der Heilung ihrer okkulten Belastungen. Sie erkannten plötzlich, daß ihr Krieg vom Teufel auf diktiert war, genauso ihre grausamen Menschenopfer und die Versklavung ihrer Hilfsvölker. Diese zahlreichen Hilfsvölker hatten noch keine technische Raumfahrt entwickelt und wurden von ihnen in Abhängigkeit gehalten. Man benutzte sie für Sklavenarbeiten und missbrauchte sie als Brandopfer in dem Tempel auf Busan.

Im selben Augenblick, als die Busaner auf der Erde geheilt wurden, geschah auf Busan ein großes und unheimliches Wunder. Da die Busaner auch im kollektiv dachten, wurden sie auch alle gemeinsam gesund von dieser „Majestätischen Demenz"! Nicht nur die Gefangenen wurden gesund sondern auch die Busaner in ihrer Heimat, auf den vielen Kampfsternen und allen bewohnten Planeten, und den zahlreichen Raumschiffen , auch auf ihren zahlreichen Raumstationen. Es war so, als ob sie aus einem bösen Traum plötzlich erwachten. Wie konnte es anders sein? Hatten die Busaner doch erst bezweifelt, daß ich der wiedererstandene König der Bulonesier war. Sie hielten mich erst für einen Doppelgänger oder für einen geklonten Menschen. Wußten die Busaner doch, daß sie mich qualvoll auf dem Scheiterhaufen verbrannt hatten. Wie könnte es da sein, daß ich nun wieder am Leben wäre? Konnte es ein Wunder sein? Hatte Gott seine Hände im Spiel? Im selben Moment kam von der Erde her eine Heilungswelle über dieses kriegerische Volk der Busaner. Sie konnten sich ganz leicht von ihrer Besessenheit distanzieren. Auf einmal erkannten sie die Bosartigkeit ihrer schwarzen Religion. So wußten sie daß sie böse Dämonen verehrten und schworen diesen schließlich ab. Die Angriffe auf die von Menschen und Bodanern bewohnten Welten wurden eingestellt, auch die Angriffe auf die Mondstadt der Elfen und Feen. Tapfer hatten sie sich gegenüber den Busanern verhalten. Mit Überlichtgeschwindigkeit verschwand die Flotte der Busaner von ihren Angriffspunkten. Sie waren innerlich etwas verwirrt.

Auch konnte ich meinen Schächern im busanischem Tempel den Beweiß erbringen, daß Gott mich nach meiner grausamen Verbrennung als ein leidendes Brandopfer, wieder erschaffen hatte aus Fleisch und Blut! Bestimmt waren es die Wunder, die ich tun konnte, nachdem mich Gott wieder zum Leben erweckt hatte. Heilte ich doch kranke und behinderte Busaner von ihren Leiden. War das nicht toll? Viele Busaner fielen auf die Knie und wollten mich anbeten. Doch sagte ich ihnen, daß ich kein Gott bin, sondern nur ein Vermittler zwischen Gott und den Menschen. Als mich die Busaner beim Heilen ihrer kranken Mitmenschen sahen, überkam es sie und sie fragten mich, wer Gott nun ist? Da sagte ich ihnen: „Es gibt nur einen Gott! Er ist der Schöpfer des Weltalles und der Retter der Menschheit, und aller Sternenvölker. Ihr Busaner seid nun unsere Brüder und die der Bodaner. Wenn Ihr es wollt, dann könnt ihr dem Jehovas-Packt beitreten!" Dann kam es, daß der Heilige Geist über die Busaner im Tempel kam und er schwebte über ihren Köpfen in Form einer Feuerzunge. Sie waren nun alle frei von den Dämonen und erfüllt von dem guten Geist des allmächtigen Gottes. Eine Welle der tosenden Begeisterung machte sich unter den genesenden Busanern breit! Auf einmal war ihnen der Interstellare Krieg nicht mehr so wichtig und ihre mediale Verbindung zu den Dämonen. Wie würde es nun weiter gehen?

Milliarden geheilter Busaner mußten nun zu ihrer vollständigen Heilung den Tee aus den Blütenblättern der Blume ohne Namen trinken und die Plätzchen aus dem opiumhaltigen Samenöl der Blume ohne Namen essen. Wie konnte es anderst sein, daß man die Abart der Blume ohne Namen, auf ihrem Heimatplaneten verwendete, um sie von der „Majestätischen Demenz" zu heilen. Auch die „Aggressive Demenz" mit ähnlichen Auswirkungen wurde medizinisch behandelt! Indem man den Busanern erklärte, daß es ein Leben nach dem Tod geben würde. So kam die „Aggressive Demenz" bei den Busanern daher, weil sie bisher geglaubt hatten, daß mit dem Tod alles aus sei! Auch bei den Menschen führte so eine Denkweise zu einer „Aggressiven Demenz!" Die Heilung der Busaner war nicht so leicht, zu ihrer endlichen Heilung brauchte man Milliarden Blumen der Blume ohne Namen. Das war wirklich nicht so einfach zu bewerkstelligen. Mit viel Mühe und dem Einsatz mehrerer hundert Millionen Ärzte, konnte es gelingen die Busaner volllständig zu heilen. So lasen die Busaner nun in der Heiligen Schrift und lernten zu Gott zu beten! Die bösen Dämonen aber, die sie verlassen hatten, konnten es nicht mehr verkraften ohne ihren Wirt auszukommen. Auch konnten sie sich nicht mehr an einen anderen Menschen oder ein Tier heften. Schließlich konnten sie vor Kummer so plötzlich von ihrem Wirt verstoßen zu sein, sich kein neues Opfere suchen. Nach sechs Wochen ohne neuen Wirt waren die allermeisten Dämonen verhungert. Es überlebte nur ein geringer Teil von ihnen, der den Mut hatte sich ein neues Opfer zu suchen. Was würde nun geschehen?

Die Verluste im irdischen Sonnensystem hielten sich in Grenzen. Viele Raumschiffe waren zerstört worden. Auch fielen auf der Erde ein paar Neutronenbomben, die hunderttausende Menschen tötete. Die meisten Bomben konnten unschädlich gemacht werden. Auf dem Mond fielen einige Bomben auf die Mondstadt in der zwölftausend Elfen und ebensoviele Feen wohnten, konnten aber keinen Schaden anrichten, weil sie die Bomben in Fesselfelder einhüllten. Nur die Bodaner waren den meisten Angriffen aus dem Weg gegangen, weil die Busaner erst den schwächeren Gegner angriffen. Im selben Moment als die Busaner ihren Krieg abbrachen war eine große Hilfsflotte der Bodaner ins irdische Sonnensystem geeilt. Gott sei Dank kamen sie zu spät, denn die Mediziner auf der Erde hatten es geschafft den Krieg zu beenden. Was war das für eine Sensation?

Man feierte nun jedes Jahr zum selben Tag das Ende des Interstellaren Krieges. Auch die vollständig geheilten Busaner durften mitfeiern! Wenn Sie nicht gestorben sind, dann leben Sie noch heute!

- ENDE -

Meine Märchen enden nun dort. Es ist das letzte Märchen in der Reihe der „endlichen Geschichte"! Wollte damit aus Euch bessere Menschen machen. Wie es nun weitergeht, das ist noch offen. Werde ich nun wieder der König von Bulonesien sein, der Führer von Roslingen, der Präsident des Heiligen Bulonesischen Reiches aller Nationen? Was sagt Gott zu der Zukunft der Busaner? Werden die Busaner nun gläubig? Treten Sie in den Packt Jehovas bei? Wie wird die Zukunft der Menschen, Bodaner, Busaner und Elfen und Feen aussehen? Wird Gott weiterhin für seine Sternenvölker da sein? Was passiert mit den Hilfsvölkern der Busaner? Können die Bündnispartner es schaffen Frieden zu halten? Werden Sie Ihre Ziele umsetzen?

Im Wort Gottes steht:

„Und ich hörte eine große Stimme von dem Stuhl, die sprach : Siehe da, die Hütte Gottes bei den Menschen ! Und er wird bei ihnen wohnen, und sie werden sein Volk sein, und er selbst, Gott mit ihnen, wird ihr Gott sein ; und Gott wird abwischen alle Tränen von ihren Augen, und der

Tod wird nicht mehr sein, noch Leid noch Geschrei noch Schmerz wird mehr sein ; denn das Erste ist vergangen. Und der auf dem Stuhl saß, sprach : Siehe, ich mache alles neu ! Und er spricht zu mir : Schreibe ; denn diese Worte sind wahrhaftig und gewiß ! Und er sprach zu mir : Es ist geschehen. Ich bin das A und das O, der Anfang und das Ende. Ich will den Durstigen geben von dem Brunnen des lebendigen Wassers umsonst. Wer überwindet, der wird es alles ererben, und ich werde sein Gott sein, und er wird mein Sohn sein. Der Verzagten aber und Ungläubigen und Greulichen und Totschläger und Hurer und Zauberer und Abgöttischen und aller Lügner, deren Teil wird sein in dem Pfuhl, der mit Feuer und Schwefel brennt ; das ist der andere Tod. Und es kam zu mir einer von den sieben Engeln, welche die sieben Schalen voll der letzten sieben Plagen hatten, und redete mit mir und sprach : Komm, ich will dir das Weib zeigen, die Braut des Lammes. Und er führte mich hin im Geist auf einen großen und hohen Berg und zeigte mir die große Stadt, das heilige Jerusalem, herniederfahren aus dem Himmel von Gott, die hatte die Herrlichkeit Gottes. Und ihr Licht war gleich dem alleredelsten Stein, einem hellen Jaspis. Und sie hatte eine große und hohe Mauer und hatte zwölf Tore und auf den Toren zwölf Engel, und Namen darauf geschrieben, nämlich der zwölf Geschlechter der Kinder Israel. Vom Morgen drei Tore, von Mitternacht drei Tore, vom Mittag drei Tore, vom Abend drei Tore. Und die Mauer der Stadt hatte zwölf Grundsteine und auf ihnen Namen der zwölf Apostel des Lammes. Und der mit mir redete, hatte ein goldenes Rohr, daß er die Stadt messen sollte und ihre Tore und Mauer. Und die Stadt liegt viereckig, und ihre Länge ist so groß als die Breite. Und er maß die Stadt mit dem Rohr auf zwölftausend Feld Wegs. Die Länge und die Breite und die Höhe der Stadt sind gleich. Und er maß ihre Mauer, hundertvierundvierzig Ellen, nach Menschenmaß, das der Engel hat. Und der Bau ihrer Mauer war von Jaspis und die Stadt von lauterm Golde gleich dem reinen Glase. Und die Grundsteine der Mauer um die Stadt waren geschmückt mit allerlei Edelgestein. Der erste Grund war ein Jaspis, der andere ein Saphir, der dritte ein Chalzedonier, der vierte ein Smaragd, der fünfte ein Sardonix, der sechste ein Sarder, der siebente ein Chrysolith, der achte ein Berill, der neunte ein Topas, der zehnte ein Chrysopras, der elfte ein Hyazinth, der zwölfte ein Amethyst. Und die zwölf Tore waren zwölf Perlen, und ein jeglich Tor war von einer Perle ; und die Gassen der Stadt waren lauteres Gold wie ein durchscheinend Glas. Und ich sah keinen Tempel darin ; denn der Herr, der allmächtige Gott, ist ihr Tempel, und das Lamm.Und die Stadt bedarf keiner Sonne noch des Mondes, daß sie scheinen ; denn die Herrlichkeit Gottes erleuchtet sie, und ihre Leuchte ist das Lamm. Und die Heiden, die da selig werden, wandeln in ihrem Licht ; und die Könige auf Erden werden ihre Herrlichkeit in sie bringen. Und ihre Tore werden nicht verschlossen des Tages ; denn da wird keine Nacht sein. Und man wird die Herrlichkeit und die Ehre der Heiden in sie bringen. Und es wird nicht hineingehen irgend ein Gemeines und das da Greuel tut und Lüge, sondern die geschrieben sind in dem Lebensbuch des Lammes."